ÜBER DIESES BUCH Dieser Erzählungsband vereinigt die Titelgeschichte ALEXANDER mit GADIR und ENTHYMESIS zu den frühen ›Handübungen‹ Arno Schmidts im antiken Gewand. Um 1946/47 mit ihrem Entwurf anzusetzen, markieren sie den Auftakt seiner schriftstellerischen Arbeit nach dem Kriege aus einem Pathos leidenschaftlicher Unbedingtheit. Wunschbild-Selbstmaskierungen, spielen sie Grenzsituationen durch, jede mit einem starken persönlichen Rigorosum versehen: Erkenne dich selbst! Was ist Wahrheit? Wie ich euch hasse!

Ihr inneres Thema von Haftüberwindung, Freisein von Bindungen und Vorwagen ins Imaginäre verkörpert sich im jungen aufsässigen Geometer Philostrat in ENTHYMESIS, vom listigen Erathostenes zur Erdmessung in südliche Breiten ausgeschickt, dem der Autor kühnlich sein eignes Bild leiht (136/37) – verkörpert sich im eisgrauen Geographen Pytheas von Massilia, der, verwitternd lebenslänglich in karthagischem Kerker, noch im Wahntraum des Endes den Ausbruch in die Freiheit vollzieht.

Zwischen beiden der erheiternde Bilderbogen einer Babylonreise des Aristotelesschülers Lampon im runden Lederboot auf dem Euphrat, in den Tagen, da Alexanders Tyrannis endet.

Die antiken Bildszenen folgen frühen Phantasieanregungen aus Arno Schmidts Hamburger Schulzeit schon, vorzüglich Kumstellers Geschichtsbuch, für ALEXANDER von ihm ausdrücklich belegt (vgl. ›Porträt einer Klasse‹, 1982, Anh.). Den antikischen verschollenen Entwurf ›Sataspes‹ las er 1934 bereits dem Gesprächspartner vor (Zettels Traum 1021); zu ENTHYMESIS heißt es dort zuvor »(›E(N)THYMESIS‹ (Hatt' Ich nich ma so=was...? (ganz früh' schon?...« (ZT 334). Für den ›Sitz im Leben‹ biographisch nicht weniger bedeutsam als die Bahnfahrten nach Görlitz für LEVIATHAN, die Grübeleien in der Kriegsgefangenschaft für SCHWARZE SPIEGEL als ›Längeres Gedankenspiel‹.

ARNO SCHMIDT wurde am 18. Januar 1914 in Hamburg-Hamm als Sohn eines Polizisten geboren. Volks- und Realschulbesuch dortselbst. Nach dem Tode des Vaters im Spätherbst 1928 Umsiedlung nach Lauban/Schles. in die Heimat der Mutter. Fahrschüler zur Oberrealschule in Görlitz, mit Abitur 1933. Kaufm. Angestellter in Textilkonzern in Greiffenberg/Schles. Astronomie- und Mathematikstudien zufolge Breslauer Anregungen. Ab April 1940 Soldat (Art.-Unteroffiz. in Norwegen). 1945 britische Kriegsgefangenschaft bei Brüssel. Anschließend Dolmetscher in brit. Hilfspolizeischule in Benefeld. Seit 1947 freier Schriftsteller in Cordingen, ab Ende 1950 in Gau-Bickelheim, Kastel-Saar, Darmstadt. Im November 1958 Einzug ins eigne kleine Holzhaus in Bargfeld, Krs. Celle. Verstorben am 3. Juni 1979 im Krankenhaus in Celle.

ARNO SCHMIDT

ALEXANDER
oder WAS IST WAHRHEIT

3 ERZÄHLUNGEN

Fischer
Taschenbuch
Verlag

1.–15. Tausend: Januar 1975
16.–20. Tausend: April 1980
21.–32. Tausend: Oktober 1987

Ungekürzte Ausgabe
Veröffentlicht im Fischer Taschenbuch Verlag,
Frankfurt am Main, Januar 1975

Die Texte wurden entnommen:
›Gadir oder Erkenne dich selbst‹ und ›Enthymesis oder W.I.E.H.‹
aus: *Leviathan*, Copyright 1949 by Rowohlt Verlag GmbH. Hamburg Stuttgart
›Alexander oder Was ist Wahrheit‹
aus: *Rosen & Porree*, © 1959 Stahlberg Verlag GmbH Karlsruhe

Lizenzausgabe mit freundlicher Genehmigung der
S. Fischer Verlag GmbH, Frankfurt am Main

Umschlagentwurf: Jan Buchholz/Reni Hinsch, Hamburg
unter Verwendung eines Fotos von Klaus D. Franke
Gesamtherstellung: Clausen & Bosse, Leck
Printed in Germany
780-ISBN-3-596-29111-9

INHALT

GADIR

oder ERKENNE DICH SELBST

52 Jahre 118 Tage

Zuerst pfiff der eine. – Als sie das nächste Mal vorbeischlenderten, war dasselbe näselnder Gesang: »Oh, Fräulein Mirjam: wenn ich mit Ihnen tanz' – tz tz, tz tz . . .«, der Rest Lautmalerei, Schnalzen und Ft Ft; der Andre, wohl Ältere, lachte knurrig. – Schöner Mond; was man zur Hand nimmt ist aus Silber.

Postenwechsel war grade unter meinem Fenstergitter; man fragte: »Was Neues vom Krieg –?« (Es ist also Krieg irgendwo); gleichgültiges Gebrumm. –

Später: Karthago und Rom. Rom, Rom, Rom: das war doch der Mittelstaat, mit dem Massilia ab und zu Handelsverträge schloß, und der damals vorsichtigerweise auch eine Gesandtschaft an den Entdeckerjüngling Alexander sandte. (Wenn den selbst die Intellektuellen immer entzückt preisen, weil er weiter nach Osten, über den Ganges, weiter, wollte – ins Unendliche, sagen sie, und nehmen ihn gar noch als Galionsfigur für reines wissenschaftliches Streben! Dabei wußte er genau von Aristoteles, daß die Ökumene gleich hinter dem Ganges zu Ende sei, und hatte ganz real und heroisch kalt sein Ziel ins Endliche, nämlich in deren Beherrschung, gesteckt. Er war resolut und brutal, volkstümlich unbeherrscht: Kenner der Massenlenkung; auch Feldherr und persönlich tapfer, sogar Zeussohn, gewiß; aber das sind Vorzüge dritten Grades. Alexanderkult ist allenfalls Zwangzigjährigen verzeihlich; später wird man dadurch verdächtig; hinsichtlich Urteilskraft oder Charakter.

Gilt auch für den Sohn des Ariston.) – Scheint hauptsächlich um Sizilien zu gehen; es schallt so verworren in den Mauern, und das ewige auf Zehenspitzen auf dem Tisch Stehen ermüdet scheußlich. Gleich ein paar Übungen gemacht: ich fühle mich doch noch recht kräftig (trotz Brot und Wasser und gesiebter Luft); bis zur Insel könnt' ich noch schwimmen; klar.

Gegen Morgen

Wieder Sizilien; ach, laß sie quatschen.

52, 119

Ungesundes Wetter, Brodem aus See und Lagune. Kam bis in die Zelle, in der ich mich fröstelnd wand. In der Jahreszeit ist eine Decke zu wenig.

Später

Zahlmeister Mago rasselte am Schieber, kommandierte: »Abschreiben, Alter!« und warf ein Bündel Rechnungen und Briefe herein: dazu bin ich gut, weil ich auch schön phönizisch schreiben kann. Meine mathematischen und geometrischen Hefte nehmen sie mir regelmäßig weg und schicken sie nach Karthago ein, »ob was Brauchbares drin ist« – No, so lern' ich wenigstens die Namen aller Dörfer und ihrer Bauern in der Umgegend, kenne sogar ihren Viehstand; das wird mir mal bei meiner Flucht sehr nützen (die Fensterstäbe sind Weicheisen; müßten mit jedem Stahlnagel, wenn auch langsam, durchzufeilen sein. Und ich muß doch noch einmal hinaus!) – Die Hunde! Seit zweiundfünfzig Jahren halten sie mich hier eingesperrt, weil es mir damals gelungen war, mich als Matrose auf ihre Schiffe zu schmuggeln und zweimal nach Norden zu fahren; Thule, Basilia, Abalus, Mentonomon. – Diesen kommerziellen Schuften ist die Kugelgestalt der Erde natürlich gleichgültig, da das auf ihren

Warenabsatz ja keinerlei Einfluß hat – ich werde den Schweinen doch einmal geheimnisvoll Andeutungen über neue Ökumenen im Südmeer hinwerfen; oder wie man, ständig nach Westen steuernd, den Ostrand der unsrigen erreichen könnte: Indien! Und wer denkt da nicht an Gewürze, Gold, Profitchen? – Gute Seefahrer sind sie, brilliante Techniker, erfolgreiche; aber die Technokraten werden einst die Welt zugrunde richten –!

Also schön

kopieren wir (wie einst im Thargelion bei Gryphius, Massilia, Berufs- und Sportkleidung). Ob der alte Sophron noch lebt, und Stier Nikolaos; und Direktor Oikandros: brutal, kalt, rundherum glatt gebildet, dabei das seelen- und charakterloseste Reptil, das je die Embleme aller herrschenden Parteien trug – wenn ich ihn sehen mußte, fielen mir grundsätzlich leere runde Zimmer ein, blicklos nickende Vogelköpfe, und das Wort Hausenblase; so habe ich noch keinen wieder verachtet.

Mittag

Eben fertig; habe aber noch zwei Kopien zur Tarnung vor mir liegen –

Ist heiß geworden; der See blitzt blau und weiß. Was muß das für ein brüllendes Ungeheuer sein, dort oben am Himmel, das die riesige Erde so zum Glühen bringt; und doch wollte Eudoxos von Knidos in seiner Nähe wohnen, um seine Natur zu ergründen. – Wenn Euch später einmal jemand fragen sollte, was den griechischen Geist vor dem barbarischen auszeichnete, dann erzählt ihm das. Und daß ich, Pytheas von Massilia, seit einem Halbjahrhundert hier in Fort Chebar bei Gadir dörre, weil ich den Norden der Erde sehen mußte! Und ich gebe Euch mein Wort darauf: ich werde ihn noch einmal

sehen!! Ich werde, und wenn ich fünftausend Jahre alt werden muß, um Euch Säue zu überleben; und keine Gelegenheit zur Flucht wird mir entgehen; keine Gelegenheit; keine Gelegenheit!! (Die zwei Stückchen Brot liegen noch im Versteck – ich war gleich aufgesprungen und hatte nachgesehen – und die Decke in zehn Streifen gerissen macht einen Strick; es fehlt nur eine Feile, oder ein – ach, irgendein Stahlscherben – verflucht. –)
Kalt ist es (mir jedenfalls; denn ich fröstelte).

Gleich danach

War eingenickt (ist eigentlich sonst auch nicht bei mir üblich); natürlich bei Gryphius im Kontor; Agathon, die Bauernlerge, faselte etwas von hundert blauen Tüchern für Emporium, und ›Lieferungsrückständen‹, und ich strich den Auftrag mechanisch von meiner Karte ab (war Lagerbuchhalter damals). – Am schönsten war die scharfe kühle Sommermorgenluft im Traum, alle Gegenstände klar mit weinigen reinen Schatten – so etwas sieht man nur als Jüngling.

Nachmittags

Morgen ist Bekleidungsempfang (kriegte ’s reingerufen); das heißt seit drei Jahren wieder einmal Verlassen der Zelle, den bekannten Weg in die Kammer, zehn Minuten Musterung, und wieder zurück. – Immerhin; vielleicht kann ich dochmal irgend etwas finden. Zumindest wieder einmal neue Bilder.
Himmel glutblau und scheußlich wolkenlos (lieber ein Himmel ohne Götter als ohne Wolken!).

Nachts

Lange wach gelegen (bin wohl aufgeregt wegen morgen). – Man müßte doch aus der Länge der Finsternisse ohne weiteres die Größenmaße im Sonnensystem ableiten können: Die längsten Mondfinsternisse dauern so dreieinhalb Stunden; da nun der Mond täglich um etwa zwölf Grad zurückbleibt, macht das für besagte dreieinhalb Stunden etwa eineinhalb Grad, das heißt aber, daß der Erdschatten an dieser Stelle drei Vollmondbreiten Durchmesser hat. Da wir bei der unverhältnismäßig großen Sonnenentfernung nun den Erdschatten als dort ungefähr gleich (etwas kleiner in der Tat!) dem Erddurchmesser annehmen können, heißt das weiterhin, daß der Monddurchmesser etwa ein Drittel des Erddurchmessers mißt, also rund zwei Myriaden Stadien. Da wir ihn unter einhalb Grad scheinbarer Größe sehen, ist seine Entfernung folglich um zweihundertfünfzig Myriaden Stadien, usw., usw. – All dies läßt die seltsamsten Schlüsse auf unsere räumliche Situation zu; die Sonne ist mindestens hundertmal soweit weg, manche Planeten noch mehr; die Fixsterne entziehen sich jeder Vermutung. Manche leuchten zornig rot, manche hausenblau; Algol im Perseus verändert periodisch seine Helligkeit: immer im gleichen Takt. Wir wissen noch viel zu wenig; so viel aber steht fest, daß in unsäglichen Raumtiefen die fürchterlichen Feuerdrachen stehen, Flammenzungen schwengeln sesamgroß (welch Wort!), Feuerfäuste rasen dröhnend auf Glutbrüste – – nicht dran denken, nicht; wir sind verloren. –

Noch Nacht

Banaler Traumfetzen: Ein kleiner spitzäugiger Mann im hellbraunen Kegelmantel, rechte Gesichtshälfte glasig vernarbt, hielt mir mürrisch ein Paar Holzschuhe hin. (Natürlich veranlaßt durch die Ankündigung); aber oft ist grade an solchen Sachen das meiste Wahres; früher ist es mir zuweilen geschehen, daß sich eben solche Lap-

palien genau erfüllten. Denn es gibt tatsächlich ein Vorhersehen im Traum; woraus andererseits sofort folgt, daß die Zukunft genau festliegt, jede Einzelheit; das heißt aber, daß es keinen freien Willen gibt, das heißt letztlich, daß eine begrenzte (allerdings sehr große) Anzahl Elemente sich nach ganz festliegenden Regeln kombiniert, eine Entwicklung, welche wir (eines ihrer Teilchen) nur feststellen und beschreiben können. –
Gegen Morgen etwas Fieber; – nicht gut! –

52, 120

Morgen vergeht; Vormittag; bin unruhig (verständlich, wenn man nur alle tausend Tage seine vier Wände verläßt, wie?). Gegen Mittag tobte eine grell gelb und braun geflammte Hornisse durchs Gitterfenster, schwang sich bogig wild und sinnlos: kleinfingerlang war das Unwesen! (Hab sie bald totgeschlagen; hinter ihr her gegangen, kalt und lauernd wie ein Schicksal.) Ich hasse Insekten mit einem Urhaß; als Kind hat es mich manchmal vor Wut geschüttelt, wenn ich junis im Hain ging, still stand, und oben in den duldenden Baumkronen das flüsternde Gefräß von Chiliaden Wurmkiefern hörte, es schlich, bohrte, sägte, saugte; Wespen stießen biegsame Klingen in bäumende Raupenleiber: dann schmatzte Wurm in Wurm. Als Knaben zogen wir tief aus den Riffen vorm Hafen Lakydon einen schwarzen Fisch, der war nur ein schwimmendes Raffmaul, zahnumstarrt. Seitdem weiß ich: Güte ist ein Widernatürliches, Widergöttliches (auch Widermenschliches wohl: ein ligurischer Söldner erzählte mir mal, oben, im Norden, wären Völker, die schnitten gefangenen Feinden beiderseits am Rückgrat herunter die Rippenspangen durch und rissen dann den noch Lebenden die Lungenflügel raus; ›den

Blutaar ritzen‹ nennen sie das! – Und denkt ja nicht, das wäre nur im Norden so. Menschen und Götter können sich die Hand reichen; sind einander würdig.).

Der Wärter

Bekleidungstausch erst morgen – – verflucht! –

Am Nachmittag ziehen Wolken auf; von Nordwesten her. –

Herodot ist das beste Beispiel, wie selbst große, tief gebildete, umfassende Geister lächerlich irren können, wenn ihnen die naturwissenschaftliche – vor allem mathematische – Bildung fehlt. Da hatte er etwas von der Rotundität der Erde vernommen, wie sie Pythagoras, Thales, Anaximandros schon vor Jahrhunderten gelehrt und bewiesen hatten – und er versteht dies nur von unserer Ökumene! Meint, es solle heißen, daß diese als kreisrunde Scheibe auf dem Okeanos schwimme, und macht dagegen natürlich auf Grund seiner guten und ausgedehnten topographischen Kenntnisse Front; beweist triumphierend die Falschheit solcher Ansicht, und – stößt ins Leere damit! – Er hatte nichts davon verstanden; das ist immer ein betrübliches Schauspiel und wird noch oft begegnen. Schade. Heiße dürre Stirn; die Hände schwächlich faul und heiß. Will zeitig schlafen gehn.

Wind rüttelt mich aus tiefer Nacht

Goldmond brennt auf am Festungsturm; in Märchenfernen reist ein Sturm, zaust und zaubert. Ich trage Krüge weinbelaubt; der Wein schwatzt innen laut. Mond reitet an mit Söldnerstern: das rasche Heer verbirgt sich gern hoch in Wolken. Die wilde Wolkeninsel steht mit Pässen, die kein Mensch begeht, und schroffen Silberklippen. Mond landet im Wacholdermeer; die kleine Stadt schläft hell und leer hoch im Bergland. Ich steige leicht wie Wind empor, zum Wolkenwald durch Wolkentor; weiß nicht, wie meine Spur verlor. Ich wandre mit der Wolke. – –

Ja; denkste!

52, 121

Grauhelle, und alle Sterne gehen aus wie Lampen. – Hab' einen Mund Wasser geschluckt; mir ist schlecht (vor Aufregung?)

Da

die Riegel klappen!! – Schnell Heft verstecken –

Zurück

Ich zittere am ganzen Leibe; ich ...

Ich muß mich erst hinlegen (die Hand auf: es ist noch da! Zu wieder.).

Ich möchte rasen wie unterm Thyrsos; jetzt noch eine Woche, Quatsch: vier Tage, drei vielleicht – Oh!!

Nachmittag

Nur den gewöhnlichen Alltagstrott nachahmen; keine Veränderung. Arbeiten werde ich nur im Dunkeln können; das heißt also am Tage schlafen. –

Schammai schloß auf (war noch fetter geworden), maulte faul: »Lebst immer noch, alter Sack? Was Du uns so kostest ...!« Wies hinaus mit Hand und Kopf und pfiff einladend. Ich tappte matt (um ja nicht zu rüstig zu erscheinen); der lange düstere Gang (siebzehn Schritte); die kalte Vorhalle; im rechten Winkel nach links (acht Schritte); da war die Tür. Er puffte mich hinein: drei Mann musterten mich feindselig; ich kannte davon nur Mago, den Intendanten, der am Tisch vor seinem Bestandsbuch lümmelte. Der große Hagere schien Arzt zu sein; faßte verächtlich mit Spitzfingern nach meinem

Puls, drückte dann die buschigen Brauen, horchte, fragte kurz: »Alter?«, drehte bei »achtundneunzig« die Augen zu Mago, der unmerklich nickte. Hand auf die Stirn (heiß, wie, mein Sohn?); er umging mich, legte das dicke Ohr zwischen meine Schulterblätter, und ich atmete mechanisch tiefer. Murmeln mit Mago; dann bog er angewidert den Mund und sagte: »Braucht nichts. Krepiert in acht Tagen.« »Mm – 'n Paar Sohlen –«, brummte M. empfehlend, und wies nach hinten: da stand vor mir ein kleiner Mann, flink, mit hellbraunem Kegelmantel, wandte den Fuchskopf – siehe da: die breite glänzende Narbe vom Ohr bis zum Quermaul. Er bückte sich beamtenhaft sorgfältig – – da sah ich es! Dicht vor mir lag auf den Fliesen des Fußbodens ein kleiner stählerner Halbmond, wie ihn die Soldaten auf ihren Ledersandalen tragen, abgeschliffen, aber hell und hart glänzend. Er schlenkerte mir die Holzschuhe hin, ich bückte mich kunstvoll und verwirrend, haschte den einen, griff kreisend nach dem anderen und fühlte schon das kühle gebogene Metall zwischen den Fingern, stolperte hinaus – (zurück hab' ich die Schritte nicht mehr gezählt. – Überflüssige Anmerkung nebenbei).

Eine Stunde später

Er ist noch ausgezeichnet: messerrückenstark, daumenlang und exzellent gehärtet. Ich werde beide Stäbe erst einmal unten durchkratzen und sie dann hochzubiegen versuchen. Erst wenn das nicht geht, auch oben. – Ordentlich Fieber und mein Herz trommelt: zuerst muß ich zur Insel schwimmen, das sind schätzungsweise fünfzehn bis zwanzig Stadien, also zwei bis drei Stunden – aber ich fühle mich doch noch kräftig, habe neulich erst

Kniebeugen gemacht. Da sind zwei Gehöfte, also müssen auch Kähne da sein; einen genommen und rüber zum festen Lande, – und so weiter, und so weiter. –

Am besten wär's, wenn ich jetzt schlafen könnte.

Abends

Kann nicht schlafen, kann nicht schlafen. Endlos diese Dämmerung!

Bilder fliehen augenentlang, alle von links nach rechts und hurtig bewegt: Kornwogen, massiv und grell golden; rollende Wagenzüge; Alalagmos aus klaffenden Soldatenmündern; hasten Wasserschäume; endlosgrün gleitet Brettanikes Küste am Backbord; schrien wir Jünglinge nicht »Tod den Timuchi« unterm stämmigen Mond? –

So fühlte ich die Haut meiner Hände, wenn ich betrunken war, stumpf und angenehm lau, und immer noch kein Stern im grauen Geweite. – Schön: ziehn wir noch ein Weilchen mit den Flatterwolkenstreifen.

Nacht

und Eisen zwischen unermüdlichen Fingern: es geht! Langsam, gewiß; aber es geht (und ich kann ja nur in den paar Minuten feilen, wenn die nächtliche Runde fern ist; sobald ich den bummelnden Doppelschritt höre, muß ich aussetzen. Daumen und Zeiger sind schon roh und blasig, aber ich komme weiter!).

Unten (Pause)

Als junger Mensch hing mir der Mond wie eine Frucht mit schaumiger Seidenschale und schartigem Silberkern in den Weinranken. Jetzt liegt eine glasige Lichtlache inmitten der Zelle: die müßte rund sein, dann flösse ich wie auf einer Eisscholle in schwarzer Unendlichkeit, blitzschnell umgetrieben, der letzte Mensch (oder der erste: was wäre unangenehmer?) – Wieder auf den Tisch und weiter!

Phosphoros erscheint auf der Spitze des Berges Mathos

Ein
Stab
ist
durch –

52, 122

Zwei Stunden in die Decke gewickelt; dann, um kein Aufsehen zu machen, an den Tisch gesetzt. Kopf in der Hand (Kugelstoßen). – Werde versuchen, noch ein Stück Brot aufzusparen; hoffentlich wird die Pfote bis Abend wieder einigermaßen heil und brauchbar (oder ich muß eben links kratzen, eigentlich kein Problem, wie?).

Habe in die ›offiziellen‹ Hefte rasch ein paar Formeln gekritzelt, über Navigation auf dem Großkreise usw. (die wollen immer ›angewandte‹ Wissenschaften: auch ein Kennzeichen des barbarischen Geistes). – Nun, ich will nicht ungerecht sein: wenn ich das Schicksal meines Buches vom Periodos bedenke –. Dem Verleger war's zu lang; dem zu kühn in seinen philosophischen Folgerungen (hatte auch was Weniges wider die Staatsreligion vorgebracht); der hatte grade wenig Papyros; der wollte nur die Stellen vom höchsten Norden als milesisches Märchen für seine Sensationsleser ausziehen (und war begeistert: Einfluß des Mondes auf die Bewegungen des Weltmeeres! Sowas hätte er schon immer gesucht!) – da hab' ich Diagoras noch eine Abschrift für sich machen lassen, ›Erste und einzige Auflage in zwei Exemplaren‹, und dann mein Unheil noch einmal zu Gadir versucht. – Wird wohl nicht groß auf die Nachwelt kommen, der

Periodos; ist auch egal; es gibt ohnehin schon mehr Bücher als Augen, sie zu lesen.

Schiebergeklapper

Ah, Wasser mit Gechstenbrot. Dazu immer frische Luft und frei Licht am Tage. (Nun, nicht lange mehr!) – das heißt, mancher wäre noch froh darüber (mein Vater, zum Beispiel, beim Strategenkorps in Massilia, mahnte ständig: den meisten ginge 's noch viel schlechter! Sah er mich Schnellwachsenden hungrig essen, blies er angewidert und empört: »Du wirst Dir mal später Deinen Balg nicht ernähren können!« – Aber er vertat zwei Drittel seines Gehaltes in Hafenbudiken mit Hetären fünften Ranges. Ach, meine Eltern – Eltern überhaupt; das ist auch so ein Kapitel!).

Zur Zeit ein Gefühl, als perle mir Eiswasser über den wächsernen Rücken; ich bin viel zu aufgeregt (ist ja zwar kein Wunder). Auch das Gefasel der Wächter ist heut widerlich schrill und laut; blökendes Volk. Hoffentlich hält der Deckenstrick, wenn ich zehn Streifen mache; acht wäre wohl sicherer bei dem dünnen Lappen, aber die Außenmauer zum See ist auch mindestens dreißig Fuß hoch; im Notfall muß ich halt noch meinen Kittel dazu nehmen. –

Werde doch ein wenig essen; ich brauche viel Energie für's Kommende (vor allem für's Warten jetzt – und das Sonnenschwein suhlt sich faul im fladigen Wolkenmoor!! Fiele mir nur ein Fluch ein, der Dich auslöschte: in Thule wußte ein Nordbarbar das Wort ›Skramasax‹, irrheidnisch und kreischend; ob ich's versuche? – – – Da! Wie Hände wischt es im Dunst – weg! – Ph!).

Haßerfüllt

Appius Claudius Caudex. – Quäk, quäk, – Konsul

Appius Claudius. – Mist; ich bin nervös wie ein Novize in Eleusis: los, ans Fenster; alles kann wichtig sein!!

Also Exaktes

Ein karthagisches Landheer unter (irgendeinem) Hanno ist bei Rhegium – oder Messana; es kommen beide Namen vor – von den Römern geschlagen worden. Und ein Konsul ist ungefähr gleich einem Suffeten (heißt Caudex nicht ›Schwanz aus‹?! – Das haut doch den stärksten Neger um; das heißt, ich kann ja nur ganz wenig römisch; meinetwegen soll es ›der Heizbare‹ heißen. – Witzig, witzig, Pytheas!).

Am Fenster wartend

(merke: anstatt zu ruhen!) Und einen Herzschlag wie ein trabendes Roß; aber die Sonne gerann hinterm Zaun.

Mein Fleisch fühlt sich an wie – pilzig: als könnte ich es vorsichtig in der Faust zer- (irgend etwas Langsames mit ›zer ...‹); und die rechte Hand ist wie im Gelenk verquollen (vielleicht neige ich auch nur deswegen so zur Selbstbeobachtung, weil ich so lange mein einziges Objekt war – ich, und ein paar Sterne. Hoffentlich; denn Krankheit – gar nicht erst dran denken. Schon kommt Wind ans Fenster und höhnt –).

Die Zelle hinter mir wird langsam unkenntlich; – halbe Stunde etwa noch.

Nebelbarken stehen auf dem See: sechs (wo die kalten Quellen steigen!), breite Frachtkähne mit silbernem Zeug beladen. Möchte einen der Fergen sehen, ihn zur Nordfahrt überreden, notosgetrieben, Wind umwogt's Haupt schlapphutbreit. – Viertelstunde noch. –

Gefangen war ich von Kind auf: Grobe Eltern, mit Eßzimmer und Maßanzug als gehobenen Idealen; verarbeitete mörtlige Lehrer; Armut umgab mich wie ein roher Bretterzaun; Halbsklave in der Gryphius'schen Knochenmühle; jahrelang Zwangssoldat für massiliotischen Wahnwitz; verkleidet ins Phönizische entschlichen, und, jederzeit dem Spionentod im Rachen, schwerste Matrosenarbeit keuchend, unter Lasten geduckt, spähende Forscherblicke durch Brettannike schießend – hohl bog sich die Bohle beim Landgang –. Als Denker ungekannt oder verlacht; vom Griechenchor als Philopseudes verhöhnt; dürftiger Privatmann; dann noch diese letzten zweiundfünfzig Jahre: »Versuchen Sie selbst: ein Leben für die Wahrheit! Es lohnt sich bestimmt!« – Und nun friß, Stahl, im Stab! –

Wie ein Hammer

So schlug mir das Kinn auf die dürre Brust: da war die Stange durchgekaut. Ich fiel gleich auf dem Tisch zusammen, gefühlloses Knochenbündel in Rohleinen geballt, nur der Kopf schwebte noch abgesondert rastlos listig dicht über der Platte (Otternhäupter sah ich so kreisen – horch, und die alten Schlangen wachen auf); dann sank auch er, ein schneebehangener schlafender Vulkan: wildschnell floh Pytheas, ein Jüngling, im Hetztraum!

Vor Verfolgern. Durch hohe hallende Säle trug sie ihre Eil'. Rötliche Marmorwände, mattgelb geädert, wiesen keine Fuge; oft standen mannshohe Vasen, rankenüberlaufen, in Sammlungen; Statuen zeigten hoheitsvolle Affengesichter; geflügelte Stiere mit bekapptem keilbärtigem Assyrerantlitz, die runden Stirnen mit Geheimnissen beschrieben, gaben kein Zeichen. Erst als ich damit an Dreifüße klirrte, merkte ich, daß mir ein stählerner

Stechschlüssel, der Hieroglyphe ench gleich, in der Rechten hing; ich riß die bräunliche, brüchige Rolle aus dem Busen und las rennend die rieselnden Altgoldbuchstaben: schon gaumte blutgeil die Punierbrut im übernächsten Saal. Ich stürzte geblähten Gewandes ums Säulenkap, stach den vierkantigen Hohlstab drehend in die achte Rosette der Lotosleiste und glitt in die sich huldvoll spaltende Wand: lautlos schloß sich wieder der Porphyr. Ich schob erzene Haken und Riegelbarren ineinander, und stand atmend im kluftschmalen Gang; steil wies die Marmorstiege hinab, grauseidnes Glimmlicht füllte still den Schacht. Neue Weisung entlas ich der Rolle und schlüpfte treppab; nach dreiundachtzig Stufen erschloß ench wiederum die Mauer. Hart über'm Boden zwängte ich mich durchs enge Mannloch, schloß sorgsam die Öffnung mit Steinpfropf und Querstange, und erhob mich ins helle Goldlicht des türlosen quadratischen Gemaches. Eingelassen in die Wände waren hohe Tafeln aus mildfarbigem Schmuckgestein, schriftzeichenüberlaufen, aramäisch, chaldäisch, persisch, Hieroglyphen wandten Falkenköpfe, griechisch las ich betroffen zwei Zeilen von Hellbraunem:

»... Lampiges Fenster weht auf, Stimmen und
Wolkenzug; / Brunnengeliebte am Markt
spendet aus steinernem Krug ...«

Dann wies mich die Rolle weiter; weiter klomm ich durch leuchtende leere Zimmer, drängte mich hinter Steinquadern, die sich minutenlang still verschoben; tiefer hinunter wiesen, führten, drehten Treppen; größer wurde die Zahl der Nebengemächer, gefüllt mit Seltsamem, das ich nur durch die Türen sah: Bilder, Rollen, Geräte, Gewirktes, Gedachtes, zu betrachten ein Leben lang. Doch ich wich nicht von der Spur; lange war ich schon die Wendeltreppe hinabgeflohen, unermüdlich in stummen Steinmustern suchend, da fand ich endlich links in Kopfhöhe das schiefe Viereck mit der eingeschlagenen Spitze, wieder schloß ich, sechsmal drehend, trat wiederum durch Marmorwolken, und befand mich auf einer kleinen Steinplatte an der Längswand eines schmalen Kanals, der sich endlos an mir entlang und düster hinzog. Auf dem völlig stillen und dunklen aber seidig glänzenden Wasser lag ein ebenhölzerner Kajak, in den ich ohne Zögern schlüpfte; gut und leicht lag das Paddel in meiner Hand. Ich glitt erregt und ehrfurchtüberwältigt zwischen den schwarzen glattgeschliffenen nur ganz selten hell geströmten übermäßig hohen Jaspiswänden dahin; auch die Decke schloß gerade und unerbittlich. Nach Stunden ergriffen mich mehr, immer mehr, Stille und gradflächige Einsamkeit; rechtwinklig zur Linken flossen gleiche Kanäle ab, feierlich endlos; überall erlotete ich in kaum Mannstiefe mit dem Ruder die glatte Grundbahn. Einmal eröffnete ich in der linken Seitenwand eine lange und enge Nische, schob mich gebückt im Boot hinein, der Türstein schloß sich zu völliger Dunkelheit, und ich sank auf dünnem gurgelndem Schwarzwasserpolster hinab, müdigkeitenlang, in ein zweites Labyrinth, dem andren gleich; zog dahin, wich aus, schwieg, sank; Unnahbarkeit kam um Pytheas, Pytheas, Pytheas . . .

Nachmittag schon (und also 52, 123)

Verfluchte Unvorsichtigkeit: ich lag immer noch auf dem Tisch! Hoffentlich hat mich keiner so gesehen. – Habe das Heft wie grübelnd zur Hand genommen, und gehe auf und ab, lehne mich zuweilen kunstvoll spekulierend an die Mauer (und schleife dabei wieder eine schöne Schneide an den Stahl; die muß so gut sein, daß ich schnell die Wolldecke damit zertrennen kann — ich glaub' schon, acht Streifen ist das Richtigste; den Rest liefert der Kittel, der ja doch bloß beim Schwimmen hindern würde.)

Wenn nur das abscheuliche Zittern nicht wäre; zum ersten Mal in meinem Leben fühle ich mich ›greisenhaft‹ (aber es ist ja auch gar kein Wunder, wenn man die Muskelanspannung der Nächte bedenkt —. Werde mich doch lieber hinsetzen).

Noch Tag

War sofort wieder eingenickt — saß in Massilia in der engen finsteren Küche mit den Eltern am Holztisch; sie stritten, zankten; mein Vater brodelte wieder mir, dem Manne, verschwollene Befehle zu, drohte aus rohen Augen, wölbte den Mund zu fetten Soldatenflüchen; ich ging vor ihn hin, und hieb ihm eine ins rotunde Radaugesicht, daß er sofort schwieg, völlig verblüfft, war fertig, saß da, mit abgesägten Hosen, he?! — Ich erwachte, und empfand wieder, wie nach früheren ähnlichen Vorgängen, ein herrliches Gefühl von Stolz und Erleichterung, lachte befreit, den Kopf im Nacken (muß eine feine Kindheit gehabt haben, der Pytheas. Und ist auch selbst ganz scheen radikal geworden, wie?!) —

Es zuckt mir in den Händen, wenn ich die Stäbe angucke: ob sie sich biegen lassen? Wenn ja; dann verschwind ich noch heute nacht. Ich sauf' auch gleich den Wasserrest aus (oder gieß ihn mir über'n Kopf: der ist wie eine Feuerkugel. — So hieß eine Kneipe in Athen, an der Bibliothek, ›zur großen Feuerkugel‹; und der Wirt behauptete eisern, Homer hätte da logiert; vom engen Hof sah man auch das Zimmerfenster mit der ›Erinnerungstafel‹ darunter!).

Ich hab keine Geduld mehr, richtig über was nachzudenken, keine Geduld mehr. –

Was die Grammatiker doch für flache, unlogische Köpfe sind, philosophisch rohe: da nennen sie »ich war« die erste oder unvollkommene Vergangenheit; »ich bin gewesen« die zweite oder vollkommene (»ich war gewesen« dann leidlich korrekt die dritte oder übervollkommene). Dabei ist das ganze Gefüge doch so einfach darstellbar: drei zeitliche Erlebnisebenen hat der Mensch: die vage Zukunft (»ich werde sein«); die intensive aber ganz eng umgrenzte Gegenwart (»ich bin«); die erinnerungsreiche, bildervolle, gesicherte, deshalb vielstufige Vergangenheit (»ich war«, usw.). Dieses »ich war« ist die eigentliche Form der in sich abgeschlossenen, nicht mehr ins Gegenwärtige eingreifenden Vergangenheit, die ›vollkommene‹. Dagegen stellt »ich bin gewesen« (wie ja schon die Konstruktion mit der Gegenwartsform »ich bin ...« aufs schlagendste beweist!) die jüngste, noch voll auf die Gegenwart wirkende Vergangenheit dar! (Beispiel: ich stürze atemlos zu meinem Freunde ins Zimmer und berichte ihm: »Denke Dir nur, eben bin ich auf der Agora gewesen ...« usw.); diese also ist die ›erste‹, ›jüngste‹, noch ›unvollkommene‹ Vergangenheit! Und die albernen Grammatiker haben nur aus der komplizierteren Bildungsform stumpfsinnig auf größere zeitliche Entfernung geschlossen!! – Wird wohl ein paar tausend Jahre dauern, ehe solche falschen Begriffe aus den Lehrbüchern verschwinden. –

Schöne lange Dämmerung
(die kein Ende nimmt! das ist alles Schikane, was weiß ich von wem!)
Vorhin ein paar Minuten ausgestreckt: da wußte ich plötzlich nicht mehr, ob mein rechter Arm über der Brust liege, oder neben mir, oder – jeder Muskelsinn war weg.
Sterne treten auf
Ja! Ja!!!: Sie biegen sich! Nach innen weg (der alte Tisch knackte zwar unmäßig, als ich die Schulter unter das freie Ende schob und mich reckte). Jetzt Decke und Kittel zerlegt und geknotet –.
Gut; hält. (Den Rest winde ich nachher um die Stirn; Brot dann hinein, den Stahlspan, mein Heft.) Den Strick um den Leib gewickelt. In der Fensterhöhlung kann ich eben noch hocken.
Ruhig!
Ruhig!! – Wie lange braucht heut der Doppelposten zu einer Runde: – vierhundertachtzehn Pulsschläge – vierhundertsiebzig das zweitemal (oder schlägt er schneller?) – Noch einmal zählen. – Der Gang unten ist schmal genug, nicht volle zwei Klafter; gegenüber in fast gleicher Höhe die Außenmauer des Forts. Ich muß versuchen, mit einem Sprung aus der Hocke hinüber zu schnellen; dann mich draußen an der Seeseite hinunter zu lassen –
Ruhig: sie kommen wieder: – vierhundertneunzig, einundneunzig, zweiund . . . Gut.
Jetzt noch hundert warten; dann springen.
– – Warm; Wasser wird warm sein. Vierzig. Den Bart hätt' ich mir auch runtersägen können. Wird hindern; vollgesogen. Fünfzig. Den Strick muß ich um einen

Stein flechten, knoten, versenken, sonst haben sie – Sechzig – gleich die Spur. Die ersten zwei drei Stadien ganz lautlos schwimmen – Siebzig – vielleicht tauchen. Hak' ich etwa hinten an den Stabenden fest? Achtzig. Langsam herausschieben; Zehenballen an die Kante stemmen. Neunzig. – Hände zum Abstoß mit ansetzen. Ansetzen. Ansetzen: – Hundert!!!

Insel und Mitternacht

(Und Freiheit!!) – Aber wenig Herzschlag. Narbiger Silberball im Zenit, wolkenumflossen.

Der Sprung glückte gleich: mit halbem Leib lag ich über der Mauerkrone, pendelte die Beine hoch, griff nach der Seilmitte, legte es um die nächste Zinne und hangelte hinab, den Doppelstrick in der Hand: als ich im Geröll stand, waren gar noch zwei Fuß Rest. Oben tickte wieder die Wache vorbei – hoben sie nicht Augen, gekniffen im Argwohn, über halboffnem Lauermaul – ich mußte mir die Faust in den Schlund setzen: vor irrer Bosheit! Denn näselnd wanderte es in süßlichem Schlafzimmerfalsett: »Heute nacht oder nie ...« Ich nickte, erstickt mit grellen Augen, feixend gekrümmt: das Ding war exzellent gemacht! Symbollek von der vierten Phyle! Dann zupfte ich am freien Ende; raschelnd kam der Lumpenstrick herab; ich flocht ihn netzförmig um einen Steinknollen, hob den unter'n Arm und schritt bis ans Kinn in den See (eben noch erträglich, das Wasser; halt ungewohnt). Ich ließ den Klotz fallen, nahm noch einmal die Richtung nach der Insel und legte mich auf die Flut, flach wie ein Span. – Es ging; Arme und Beine fanden sogleich den längst vergessenen Takt (leise, leise zuerst ...) Ja, ich hatte noch mein zügiges schönes Seitentempo. – Aber es dauerte doch zu lange; oft mußte ich mich auf den Rücken legen, keuchend, speiend (in dreitausend Sternfratzen); griff, herumgleitend, wieder löffelförmig aus, die Beine scheerten wieder. Dann kam der schwarze Inselumriß näher, Steinboden, das Wasser trug nicht mehr, ich zerrte mich mühsam über'n Sandstreifen ins Gebüsch. –

Und das war vor einer Stunde; jetzt muß ich mich hochraffen, zur Kahnsuche.

Hellster Mondschein, wolkenschuppig

Hab' trotz meiner Eile an manchem Strauch riechen müssen (– ist schon ein Unterschied gegen Zellenmief –). Das zweite Gehöft scheint das größere, wohlhabendere; zaunumgeben ein Garten, blühende Erbsen (und Zwiebeln, Wachsbohnen) im Mondlicht (hoffentlich haben sie keinen Hund!). Im nächtlichen (geistreich!) Obstgarten weht Wäsche (aber alles Frauenplunder; nichts für mich). Ein buschbegleiteter Pfad zum Ufer hinab führt hoffentlich zu Anleger und Nachen. – –

Verdammt: –

Flüstert da nicht noch jemand; – vorn? –

Er sagte

»Ich habe doch immer darauf gewartet, Du! Immer! Was hätte ich denn sonst bei dem gleichgültigen Sealthiel gewollt, wenn nicht Dich sehen! – Dein Haar, Deine Augen, Deinen Mund –«, er verstummte und hob zaghaft die Hand, berührte rührend unbeholfen ihre Locken, wiederholte tonlos: »Dein Haar«, zog hauchfein ihre rechte Braue nach: »Deine Augen«; dann fiel der Arm herunter, und man erriet: »Deinen Mund –«. Sie lächelte spöttisch und gerührt, legte listig das mondfarbene Gesicht schräg hinter sich, und sah mit geweiteten dunklen Augen über ihn hoch, wo flatterndes Volk lautlos auf marmornem Kreuzweg zog. (Ja, und beeilt Euch etwas, Verehrteste; oder spielt Euch inselein – großer Axiokersos; ich steh zehn Schritte entfernt im Gebüsch und doppelt so weit vom Kahn, in dem er wahrscheinlich zur Huldigung erschienen ist. – Und frier wie ein junger Hund! – Ah, zweiter Akt – wär's nur der letzte –)

Sie strich sich über's Haar

und sagte abwesend: »Es wird spät, Bostar; Du mußt eilen.« (Ja, hoffentlich, hoffentlich!) Ihr Profil wurde kühner und wacher, auch härter; sie trat dicht vor ihn hin, nachlässig, schob herausfordernd Kinn und Mund vor, spannte die Brauen wie Bogen und lächelte maliziös, sah ihn gar nicht an, wartete, – da griff er endlich zu! (Und ich schlug würdig die Augen nieder: warum soll ich nicht auch mal Mensch sein –) Sie atmete befriedigt tief ein, drehte sich aus seinen Armen: »Bis morgen –«, schlüpfte kräftig den Kiesweg zurück, sprang federnd und elegant über den alten Zaun, hob noch einmal bannend die Hand und glitt ins Haus. Er hatte die Fäuste vor die Brust gelegt und wandte kein Auge von der lockenden Erscheinung – da hob ich die Faust mit dem Stein – (– der Junge hat auch just meine Figur –)

Ich legte meinen Mund an seinen falben Bartflaum

(»und von unerhörten Dingen flüstern bärtige Lippen an bärtige Wangen« – ist nicht von mir, hab's mal irgendwo gelesen –). Ich – gut – ich flüsterte: »Ich brauche nur Deine Kleider und zwei Goldstücke. Nichts weiter.« – Noch einmal beugte ich mich über ihn: »Noch eins: Was über den Kuß hinausgeht ist vom Übel. Hörst Du? Glücklicher?« (also doch von unerhörten Dingen!)

Er stöhnte ein wenig, nickte aber doch (und die Beule ist in seinem Alter in drei Tagen weg).

Im Kahn

Das Purpurkleid läßt mir prächtig, stattlich; und richtig heiß ist mir wieder. – Sieh da: ein blankes Tuch weht aus einem der Kammerfenster – was will ich noch mehr?! Ich bewegte geehrt und standesgemäß die schlohweiße Linke: so waren alle Beteiligten zunächst beruhigt.

Und nun aber in die Ruder! (Brot lutschen dabei)

Izquierda (das Turdetanernest)

Helle von Osten her, grau und rosa. (Macht 52, 124 – – oder nein: Nein!! 0,1!!)

Die Höfe liegen am Gestade verteilt, manche schon höher am Hang. Ich muß zunächst in die Bergwildnis, die Riesenwand hinauf, daß sie in den Wäldern jede Spur verlieren; dann verkleidet zum Hafen nach Gadir – im Notfall muß ich mir die Haare färben, schwarz; klar! – und auf einem Nordfahrer anheuern; und in Mentonomon desertier' ich, verschwinde, in den glühenden Wäldern, über Lichtungen, wie der Meteoride Phaeton, mein Bruder (würde sich wohl auch vor die klapprige Verwandtschaft bedanken).

Beine sind steif vom Schwimmen und Sitzen; aber hopp, raus.

Beim Umkleiden

Ich überquerte die Uferstraße und beschritt rasch den Zweigpfad zum fernsten Gehöft. Tau wippte im Gras, hundekalt, aber klar rosig (rostig) und mattgrün. Natürlich waren die ländlichen Wühler schon wach: ein alter Vater mit drei derben Sennensöhnen neigte demütig den Kopf; Butter flößte im Gießbachtrog, Käse ruhte rund in Regalen (und mir lief der Speichel fast aus dem Halse – ich fress' bis ich platze!). Ich trat leutselig kalt im Galagewand auf sie zu, fragte kurz nach Namen, scherzte herablassend, blickte mich gelangweilt um (Hund! Der Sonnenrand erschien drüben über den Hügeln – schnell). Ich sah den größten der Flegel unvermittelt kritisch an, lachte gekonnt und entschied: »Höre, wir tauschen die Kleider für heute, ja?!« Schnippte ihm das dicke Goldstück hin und winkte vornehm ungeduldig voran, in die Scheune. Er begriff nicht; der Vater stieß ihn an, murmelte weniges im breiten Ibererplatt – Ja, stolper' schon mit! –

Fertig

Und fest ist der klobige Blauleinenkittel! (Draußen sagte der Alte still: »Er wird von der feinen Gesellschaft unten beim Richter sein – die hohen Leute haben wohl Grillen, die unsereins nicht versteht.« – Ging ergeben voran zum Geräteschuppen, kramte und klapperte.) Ich nahm den kurzen Dolch gleich mit, schnitt einen halben Bauernkäse in den Futtersack, klebte zwei Handvoll derbe Butter darauf und hing ihn mir am Strick um die Schulter. Als ich schmunzelnd und kauend herauskam, lümmelte schon das platte Sonnenhaupt blutunterlaufen und ausdruckslos auf den kahlen Hügeln drüben (jetzt werden sie's in Chebar gleich entdecken, beim Morgenrundgang –). Ich rief leichthin in das morsche Altmannsantlitz (wie werden die meins wohl nennen?): »Hebt meine Sachen auf – nachmittags laß ich sie abholen. Und –« ich verstellte mein Gesicht auf's Häßlichste, Phönizischste: »Kein Wort! – Wer auch fragt! –« (lachte der zahnlose Hund nicht unterm Arm – nein; er strich doch wohl nur den Hutrand höher,

so). Nun über die Umzäunung steigen, ganz zünftig. –
Rast nach drei Stunden (schick im Baumwipfel)
Ich hatte kaum zweihundert Schritte in den jungen Korkeichen getan, da warf es mich in den Schultern – Tup, dup (ganz deutlich kam es über den See, dreißig Stadien weit, die Alarmtrommel; nun ja, es ist morgenstill noch) lubb – dup, tup, tup. Jetzt rennen sie durch die Gänge. – Und auch ich sprang durch die gebückten, erstarrten Baumgestalten bergauf. (»Gib uns guten Gang, du, Gries, Gestein und Hartwuchs . .«) Nach zehn Minuten sah ich mich um: eine feine Furche über'n See!
Rechnen: nach Gadir (berichten und Bluthunde holen) eine Stunde plus ein Viertel; zurück in die Zelle und Witterung nehmen lassen: eine Stunde; zur Insel: eine halbe; Spur und den Überfallenen finden: eine viertel; zum Festland her: eine halbe; Spur suchen und aufnehmen: eine halbe: macht zusammen vier Stunden Vorsprung. – Das hieß also für mich, erst einmal zwei Stunden so schnell wie möglich bergan. –
Danach erst trat ich, daß sie die Fährte verlören, in den frischen, glasklar schnellenden Gebirgsbach zu meiner Linken. (Frisch? Eiskalt war die Jauche!) Und ich stand und sah, mit erstarrenden Füßen, sah unter mich, vor Grauen zitternd – aber ich mußte ja erst einmal weiter. Eine Stunde hielt ich's aus; dann reckte ich mich an den nächsten starken Ast überm Wasser, ließ mich abtropfen und rutschte weiter in die Baumkrone. (Ich hab die Füße getrocknet, geknetet, gerieben, die Sonne brennt drauf: ich kriege kein Gefühl mehr hinein! Scheußlich!)
Nach unten schauend
Sie wandern immer noch: Lachse, zu Millionen vereint.

Es kocht im Wasser (das Fischgeschmack hat!). Schon ragen die Rückenflossen, ja die Rücken selbst aus dem Elemente heraus; wo es an Wasser gebricht, da werfen sie sich auf ihre flache Seite, bald rechts, bald links hinüber. Der Fisch verliert seinen Glanz, er dunkelt, wird grünlich grau, die Schuppen der Bauchseite reiben sich ab; blutrünstig erscheinen die Flossen, erscheint die ganze untere Hälfte des Körpers, dunkel blaurot, ja endlich schwarzblau, zackig die Körperseiten hinansteigend, widrig anzusehen, gleich den halbbrandigen skorbutischen Wundstellen mißhandelter Tierkörper, roh, wie mit wildem Fleisch schwammig überwuchert. Myriaden Häupter unkenntlich hakig, mit klaffendem Maul und mächtigen Hauerzähnen. Leichenfuder verpesten in Lachen — oh, ihr Götter! —

Oh, ihr Hunde!!

Ich sage mich los von allem, was Gott heißt! Was Schöpfer oder Weltherr sein will! (Und der Baum bebt unter mir, so wirft es mich in rasender Rebellenwut!) Seht Ihr das, Ihr gebetgeblähten Mastsäue; ist das Eurer rülpsenden Weisheit letzter Schluß; das und dergleichen ist in Eurem Drachenwerk möglich?! Ich fluche Euch Bestien mit paukendem Mund: ich schreie zum Aufstand wider Euch! Zur Rebellion der Guten wider Natur und Gott: ich rufe die Jugend der Welt! (Aber das schallt schon zu Olympia: als Motto zum Wetthopsen und Fresse-Einschlagen! — — Oh, oh!) —

Herbstnebel dampft auf

am hellen Mittag; warm und dicht, grünlich vom verwischten Pflanzengeleucht: nun findet ihr mich nicht mehr. Hurtig! Pytheas!

Ungeheuer kippt der Bergkegel zur Rechten hoch.

Am Abend
Gestürm zieht auf.
Bin längst bergum: unten liegt Gadir, gassengeregelt, mit den taubenumflatterten Vorstädten.
Acht Schiffe ankern im Haupthafen, wanken; zwei vor der Insel Erythia; eins, schwarzes, hier links vorn, weit unter mir (eine Stunde Weg bis hin): da versuch' ich's. – Zuerst. Früh dunkel heut.
Letzte Vergrauung
Nebelwind, naß, meert den Berg ein, orgelt, rollt über röhrenden Wäldern. Ich sog tief Luft und röchelte, gurgelte sinnlos selig hinaus: in die Freiheit. Schob mich breitbeinig in den Dunst: in die Freiheit! Es stampfte oben in den Wolken; Regen schlug donnernd an meine Stirn; mein Herz brandete: Freiheit! Ich hob die grauhaarigen Beine tanzend an: Freiheit! Freiheit! Ich dien' nicht mehr bei Gryphius; weit liegt der Kerker hinter mir! Pytheas ist frei geworden und stampft oben in den Wolken!! –
Halslang
so fuhr das Gesicht neben mir aus der Felswand und gaffte täppisch in mein Geschrei: ich hieb zielend den Dolch danach – weg, Du! Macht es mir etwa schon Männer vor?! Haut bloß ab! –
Will bergab strandzu tosen (also meine Beine sind wie Eis! Das verfluchte Waten heut früh!) Lubb-dup, Lubb-dup (diesmal ist's mein Herz).
Am Strand
Zögernd fuhr ich mit der Sichelklinge ums Kinn, warf das Gebärt fort, zog die Kappe keck schiefer: junger Matrose, eh? (Hoffentlich nehmen sie mich noch, daß ich ihnen nicht zu brüchig erscheine, verflucht, jetzt ent-

scheidet sich's! — —) Los, hin, zögern ist zwecklos (ganz schwarz ist das Schiff).

»He! Patron!«

Er trat an die Reling, hoch (und dürr) im schwarzen Mantelgeflatter, mit langem bleichem Gesicht (unphönizisch eigentlich!). Ich rief durchs Wasserschallen: »Fahrt Ihr nach Mentonomon? — — Braucht Ihr etwa noch einen? —« Er nickte jedesmal und wies stumm zur Planke, die ich machtvoll betrat, und überzeugend hart in seine Hand einschlug. —

Warum legen sie gleich ab?

— Wollten sie mich nur fangen? Ich barg argwöhnisch den Dolch in der Hand und wiegte breiten Ganges nach vorn. — —

Hebt sich und senkt sich

der Bug! Und ich taumle rhythmisch mit. (Ist ganz finster schon; muß aufhören zu schreiben.)

So viel Glück! Pytheas, du Wogenkind! Hebt mich — senkt mich!

Hebt mich — —

Nacht wird noch tiefer.

Seh nichts mehr.

— — —

An Giskon, den großen Suffeten, den Suffeten des Meeres, meinen Herrn, Dein Knecht Abdichiba, durch Deine Gnade Aufseher der Festung Chebar bei Gadir: Zu Deinen Füßen falle ich siebenmal siebenmal nieder, ich will Deine Befehle getreulich ausführen, Deinen Tempel will ich bauen, Deine Entscheidungen erfüllen. Möge es Dir, o Herr, gut gehen; Deinem Hause, Deinem Harem, Deinen Söhnen, Deinen Großen, Deinen Pferden, Deinen

Streitwagen, Deinen Ländern möge es recht gut gehen. Möge Moloch Deinen Fäusten weiterhin Kraft geben, daß sie die räuberischen Römerhunde treffen wie Felsen.

Der von Dir befohlene Jagdzug gegen die Löwen des Gebirges wurde vollzogen; wir hatten als tägliche Kost Brot und Wein und gekochtes Fleisch, abgesehen von den Ziegen des Hochlandes, die man für mich fing, und dem, was meine Hunde erbeuteten.

Die Tribute der Dörfler gehen regelmäßig ein: Fünfhundert Sekel Silbers liegen zu Deiner Verfügung, achtzig Ballen lederne Seile und Rindssehnen für die Bogenschützen. Man hat mich bei meinem Herrn verleumdet, daß ich die Schleudersteine für Deine Balearen nicht rechtzeitig lieferte: siehe, es fehlt mir an Handwerkern; doch wurden fast zehntausend fertig. Befiehl mir nur: soll ich alldies gleich nach Drepanon senden, oder erst in Deine karthagischen Arsenale?

Erlaube mir, den Soldaten Hakkadosch zu befördern; er ist willig und begabt und ehrgeizig im Dienst; auch war es meist ihm zu verdanken, daß wir vergangenen Frühling den Räuber Deiner hiesigen Herden entdecken und fangen konnten. Er versteht ein wenig zu schreiben und ehrt die Götter vorbildlich.

Vor zwei Tagen verstarb endlich der Unreine, der Unbeschnittene, der Überlästige, den wir aus mir unverständlichen Gründen seit Menschengedenken hier mästen mußten. Er saß noch am Tisch und stank schon; man fand keine Wunde; tief in die linke Handfläche hatte er sich einen alten Schuhbelag gedrückt; die teure Decke war von dem Hunde in Streifen gerissen worden, wie auch sein Kittel; seinen Bart verstümmelte der Ungläubige: er war hundert Jahre. Ich sende Dir wie immer, was er schrieb. Wir warfen sein Aas in den See. Nimm mir keine weiteren Truppen mehr, o mein Herr; das Gebiet meines Herrn ist sonst nicht mehr sein eigen, die Iberer verwüsten alles Gebiet; was wir fangen, schicken wir in Ketten in die Silberbergwerke. So schreibt Abdichiba, der Knecht der Knechte vor den Füßen des großen Suffeten, ich schlage die Stufen Deines Stuhles mit meiner niedrigen Stirn, mein Rücken sei Dein Schemel; gebiete über mich und mein Haus, meine Weiber, meine Töchter und Sklavinnen, meine Söhne, meine Knechte, mein Vieh, mein Vermögen, gebiete über alles, o Liebling des Moloch, o Wonne der Gerechten, Du mein Herr! –

ALEXANDER

oder WAS IST WAHRHEIT

9. THARGELION: Neugierig bin ich.
Klein soll er sein, klein und untersetzt; den Kopf etwas nach der linken Seite tragen.
Wind schmatzte an den Blättern, faselte fahrig im Gebüsch wie ein aufgeregter Trunkener, vor mir, hinter mir, auch links: wo soll ich zuerst hinhören? Hipponax kam aus dem Zelt; sah, wie ich den Kopf horchend drehte, und nickte mir verständig lächelnd zu (er wird immer sympathischer, je länger man mit ihm lebt); lud mich ein, mit ihm runter in die Stadt zu gehen. (Agathyrsus spielt wieder den Xerxes im »Sataspes« des Kritias, Monika die Atossa. Ich sah es gestern schon; treffliche Kostüme; am eindrucksvollsten die Stelle: wo Sataspes, eine Hand schon an's Kreuz geschlagen, sich wendend, spricht:

»... der verachtend jetzt von dannen reist,
um unbekannte Länder zu entdecken ...«

Sie ganz sparsam, jungfräulich, verhohlen – ach, Alles, was sie wohl nicht ist. Und die elfenbeinerne Maske aus dem Kragenkelch.)
Unglaublicher Lärm auf dem Platz: drinnen in Chalybon ist Alles überfüllt, da hat ein findiger Wirt auf dem Hügel hier ein paar Reihen Zelte aufgeschlagen, und macht ein glänzendes Geschäft mit der Vermietung. (Bei dem schönen Wetter ist's bestimmt auch angenehmer und luftiger so. – »Die vielen Soldaten!«

hat er uns entschuldigend zugeflüstert, »es soll gegen Arabien gehen diesmal. – Oder Karthago!« Amüsant diese Gerüchte. Aber auch wohl bezeichnend.)
Bummel durch die Stadt (mittelgroß nur); warum man neuerdings anfängt, sie Beroea zu nennen, war Hipponax auch schleierhaft (er reicht mir nur bis zur Schulter, aber breit und straff). Bei den Bibliokapelen erscheinen jetzt massenhaft die Artikelserien der beliebtesten Kriegsberichterstatter über den Indienfeldzug: natürlich Alles Lüge und Aufschnitt für die lieben wundersüchtigen polloi; ich habe bei Aristoteles die sachlich-redlichen Protokolle des Nearchos, Onesikritos usw. gelesen: da sieht's ganz anders aus. Geschrei wie unvermeidlich: Wasserverkäufer, Seher (jede gewünschte Art von Manteia für ein paar Obolen), Gassenschluchten, staubdurchströmt, darinnen Sonnenstrahlengebälk wie massiv, man möcht's mit der Hand anfassen und sich dran vorbeiducken.
Die Läden voller Alexanderbilder in allen Preislagen und Typen der drei einzig Beauftragten: Apelles, Lysippos, Pyrgoteles. Gipsstatuetten, Pasten, »gehört in jedes treue Haus«, (raffiniert die Alternative). Auch der unvermeidliche Alexandertempel auf der neuen Agora; A. als Sonnengott, das bekannte große Rundrelief; nett und glatt gemacht; (es ist aber ganz unähnlich, sagte mir Aristoteles, und »einen großen Mann sollte man nie persönlich kennen lernen«, als er mir den Brief gab, und ich Abschied nahm. – Sein Kinn soll massiver sein und eben die Gestalt ganz derb.) Hier werden »Alexanderpalmen« herum gepflanzt; in unsern griechischen Städten haben sie die

heiligen Ölbäume. Schade, daß man mit dem großen Manne solchen Unfug treibt. »Er will es aber so; er befiehlt es ja selbst«, murmelte Hipponax. »Ja«, gab ich lachend und seufzend zu »— also genauer: das Volk will es halt so haben. Es faßt das Große eben nur im Grellen und Grotesken.« »Wäre es nicht besser — noch größer —«, wandte er vorsichtig ein, »es wahrhaft zu bilden, oder —?« Ich wurde verdrießlich; ja, ja, an sich hat er schon Recht. Natürlich.

Die Garnison exerzierte; Eingeborene unter mazedonischen und griechischen Ausbildern. Phalangisten meist und Dimachen. Es ist doch nichts Schönes oder Heroisches oder dergleichen, der militärische Drill. Das Gebrülle, die ewigen mechanischen Bewegungen, zehntausendmal ist jeder Griff geregelt. (Gestern war »Tag der Phalanx«, erzählte Hipponax. Er sei nicht gewesen. Das Publikum durfte in alle Kasernen; große Schaustellungen, Revüen.)

Spät: (Da erst frisch und kühl). Wir saßen an einem Tischchen draußen. Die Abendluft wurde gelb und rot; Wortgeflatter und Gelächter überall. Der Mond erschien, in der Gestalt eines Menschenauges, zwischen den Zelten; goldschlackig. Monika, elfischerer Gebärden und Worte mächtig, als unser irdenes Gestirn vermag, saß vorm Eingang (ich neben ihr); wir aßen von Fischen, tranken ein bißchen. Ich mußte Etwas von mir erzählen; »Oh, 18 Jahre! — Und gleichzeitig Aristoteles- u n d Alexanderverehrer! . . .« sagte Agathyrsus mit Bühnenklang und anerkennend (ich schreibs auf, weil ich mich üben will, mich über Dergleichen nicht zu ärgern!) Reiseziele. Sie wollen auch nach Babylon, und zwar auf dem Flusse, weils am mühelosesten geht (und am schnellsten wohl auch noch). Ich faßte dann ein Herz (es war ja schon fast dunkel, und seit gestern kämpfte ich schon damit); ich fragte das blasse wilde Zaubergesicht neben mir: ob ich mich vielleicht anschließen dürfe; ich hätte auch Geschäfte in Babylon, den Brief. Zuerst lächelte sie malitiös und amüsiert, aber sogleich wurden ihre Augen steinhart und kühn: »Ach, Sie haben einen Brief von Aristoteles? An Aristodemos, des Sophron Sohn? Den bei der Leibwache? – Nicht doch!?!«. »Das ist Ihr Vaterbruder?!« fragte auch Hipponax interessiert, und sie wechselten flink erstaunte Blicke. »Man muß immer vorsichtig sein«, sagte sie, und schüttelte ihren dünnen bunten Schuh aus (Sand). Wahrscheinlich meint sie die Schlangen. Oder Skorpione.

Im Zelt: Hinter dem dünnen Vorhang sieht man ihren Schatten. Wir lagen schon in die Decken gewickelt, und sahen gedankenlos ins Florlicht. Büchschen klapperten; eine Bürste harfte ihr Haar; der Schatten bog sich; er fragte: »Ja also: kommen Sie mit?« Ich richtete mich auf; ich sagte verloren, atemlos, und vertan »Ja.« Und: »Gern« Und: »Ich danke Ihnen!« Sie machte zufrieden: »Mm.« 14 Tage.

10. Thargelion: Waren schon ganz früh unterwegs, Monika und das Gepäck auf einem Zweiradkarren, wir ritten auf Eseln nebenher (Sie war völlig umschleiert; »damit die Haut weiß bleibt«, hatte sie erklärt.) Prächtigste blühende (»lachende«) Landschaft; wogende Felder, einzelne reiche Dörfer dazwischen. (Bei näherem Hinsehen entdeckte man allerdings Spuren

des Verfalls, oder vielleicht mehr Nachlässigkeiten an den Gehöften). »Die Parysatis-Flecken« erläuterte Hipponax, der immer verläßlich bekannt schien. Nie war es still auf der Landstraße; Bauern, Pferdeherden, marschierende Soldaten, Pferdeherden; Alles trotz der glasstarren Goldluft. Gegen Mittag begann das Land sich zu wellen; wir kamen auf einsamere Richtwege, in lockere Haine, durch seltsam verschlungene grünglühende Wiesengründe, in deren einem unsre beiden Mietsknechte auf kurze Zeit abschirrten. Wir aßen ein bißchen weißes Brot und gelbes funkelndes Mus; das Wasser holte Monika, in Diploidion und roter Kappe, mit langen weißen Beinen, aus dem Bach. (Ich dachte der thessalischen Mittagslieder des Diagoras: ». . . Pan schlief auf heißer Lichtung ein; / nun schweigt der Bach, stumm blitzt der Stein, / und auch mein Herz muß stille sein: / wer weiß, was mir geschieht. / Ein Märchen, ich vergaß es bald, / sagt, der wird toll im Mittagswald, / der eine Nymphe sieht. / Im Bächlein flirrt der goldne Sand; / ich geh' und kühle meine Hand. / — Was huscht herein, und leert den Krug, / und müht sich schwach und zart genug, / mit dünnen Silberarmen? / Sie schüttet in den Bach hinein / farbige Muscheln, bunten Stein, / und trägt auch Tang und Fische ein. / Ich liebe dich. Sprich: liebst du mich? / Bleibt süß und traurig ihr Gesicht . . .« — Was ist eigentlich aus ihm geworden? Agathyrsus wußte auch Etwas von ihm; er hatte ihn, selbst noch ein ganz junger Mensch, einmal am Hofe zu Pella gesehen. »Zu Pella —?« fragte ich erstaunt; und er antwortete mit einem komplizierten Mehrfachlaut, so daß mir weitere Erkundigung untunlich schien. Sie schlang mit dem Fuß aus dem Knöchel heraus einen kleinen Zauberknoten in die Luft, tappte einmal mit der roten Hacke auf, und aus war ich!)

Am frühen Nachmittag gerieten wir auf Parkwege, jetzt zwar vernachlässigt, aber immerhin groß angelegt. Schöngestaltige Bäume, straffer Rasen. Dann erschien in der Lichtung die weitläufige Villa des Statthalters Nikanor, zur Zeit von der Militärregierung beschlagnahmt: Zahlmeister, Offiziere, Boten; zahllose Weiserschilde: Truppenbetreuung, Nachrichten, Kartenabteilung, Marketenderwaren. Ein kleines Zeltlager zur Seite mit vielleicht 120 Soldaten (wohl auch meist Schreiber, Burschen und Ordonnanzen).

Agathyrsus und Monika produzierten ihren Geleitschein als Theatergruppe, und wir bekamen wenigstens gleich einen Raum für uns, am Gehölzrand; eine Art Parkwärterhäuschen, in dem jetzt Decken lagerten. War ja egal. Der schlanke Intendant küßte Monika laufend die Hand; versprach, sogleich den General zu benachrichtigen, arrangierte eine Vorstellung für die Offiziere (»nur im engsten Kreise«!), schritt elastisch ab. Ich sah sie bittend an; aber die Verwilderte, Verwunschene, Gottlose schüttelte kalt den Kopf: »Die haben Alle Geld.« sagte sie sachlich und anerkennend, und auch Agathyrsus hatte schon Augen wie alte schmutzige Silbermünzen neben seiner großen gebärdenden Hohnnase. Sie suchten auch sogleich mit Hipponax' Unterstützung ein paar Kostüme und Tücher heraus; dann gingen wir noch ein wenig durch das Paradies. Ein alter Hausmeister, noch aus der Perserzeit her, machte den Führer; nur noch wenige zahme Tiere (»Viele sind von den Herren erschossen worden« berichtete er ausdruckslos; »also im Suff.« stellte Hipponax kalt fest, und der Alte ging näher auf seine Seite). Von den Dörfern umher sagte er, daß sie »zur Erhaltung des Gürtels der Königin« dienten, ganz im alten Stil. Ein See tat sich auf mit ruhigen Baumsäumen, unser Bächlein mündete ein; er trippelte auf einen kleinen hölzernen Landungssteg, und sofort zeigten sich im Wasser viele buntschuppige Fische, denen er aus spitzer metallener Tüte Brosämchen schüttete. »Es sind Götter« murmelte er ehrerbietig, und erzählte ein altes Feenmärchen, wie einst hier eine reiche Stadt gestanden habe; die verzauberten Einwohner seien eben diese Fische usw. usw. Müßige Offiziere kamen uns entgegen, näselnd, rasselnd; entführten Monika Arm in Arm (Agathyrsus hinterher) über das Brückchen des Darakos.

Zurück, beim Zeltlager, traf ich Hipponax mit einem Feldwebel von den agrianischen Jägern (Lampon hieß er, wie ich; komisch: H. scheint einen natürlichen Hang zum Militär zu haben; immer macht er sich an Soldaten ran). Der erzählte gerade vom Zuge nach dem Ammonium: erst wären sie längs der Küste bis Parätonium marschiert (nur ein ganz kleiner Teil der ägyptischen Armee, nebenbei), von da aus gegen Süden durch die Wüste. Auf der Hälfte des Weges fing das mitgeführte Wasser an zu fehlen, aber die in jenen Gegenden so seltene Erscheinung eines ergiebigen Regens half ihnen aus der Verlegenheit. (»Zeus Nephelegereta war sichtlich mit seinem Sohne« sagte der ganz überzeugt; dabei schien's sonst ein leidlich abgeschliffener welterfahrener Mann, obwohl von einfachster mazedonischer Herkunft. Wie's in solchen

Köpfen aussieht, wird unsereins nie begreifen können; aber Hipponax verstand es, mit keiner Miene zu zucken). Auch zeigten sich gleich nach dem Regenmirakel zwei kleine fliegende Drachen als untrügliche Wegweiser der ferneren geraden Straße. (Zwei Raben warens! Ich habe alle die Reiseberichte einmal mit Aristoteles durchgearbeitet, als wir die Weltkarte überholten! Diese sehr natürliche Erscheinung von Vögeln, die ihren Fraß bei dem ziehenden Haufen suchten und ihre Richtung nach der einzig wirtlichen Gegend zurücknahmen, wurde natürlich gleich als neues Wunderzeichen erklärt. Wieder ein Beispiel, daß das Volk, selbst als Augenzeuge, einfach nicht vernehmungsfähig ist. – »Die Gelehrten sind das Licht der Finsternis«; s'ist schon wahr!) Viel Aufhebens von der Sonnenquelle (welche des Morgens und Abends mit lauem, Mittags mit kaltem, um Mitternacht mit warmem Wasser hervorsprudelte), die sie schon aus Herodots Erzählung kannten, und sie auch auf die angegebene Weise fanden, weil sie sie so zu finden wünschten. (Im Grunde ist sie ja eine gewöhnliche frische Quelle, deren Wasser am heißen Wüstenmittag äußerst kühlend erscheint, in der klaren fröstelnden Nacht dann aber mehr Wärme zeigt als die Atmosphäre). Interessant war nur, daß er bei den Wenigen gewesen zu sein vorgab, die bis an den Vorhang mitdurften, und deutlich gehört hatte, wie der Hohepriester (den er ausführlich und eindrucksvoll beschrieb: langer Bart, Hieroglyphen an der Mütze) »Heil Dir, Sohn des Zeus!« gesagt habe. – Signale von der Freitreppe: er entschuldigte sich: Dienst. – Himmel mit weißen Wolkennelken bedruckt (so still hielten sie, nur ein Fliederblättchen drehte sich zuweilen hoch).

»Es war doch wohl eine Dummheit von ihm gewesen« sagte ich bitter zu Hipponax »er hat letzten Endes doch seine Absicht verfehlt, und sich das Leben dadurch verbittert; denn die vernünftigen Mazedonier« – »auf die es nicht ankommt« schaltete Hipponax ein – »kann er auch mit solchen Mätzchen nicht zur Andacht bewegen.« Er nickte mit zusammengekniffenen Lippen: »Gewiß« sagte er, »schon damals beschloß er wohl halt ganz bewußt, sich von den Griechen zu distanzieren; denn deren freimütiges Benehmen ihm gegenüber war den anders gewöhnten Asiaten unglaublich anstößig. Er wog also kalt die Machtmittel ab, und hat ja seitdem alles vorbereitet, um sich jederzeit nur auf den Orient stützen zu können. Ich wüßte ...«

Aus allen Türen und Zelten trappelten hurtig Soldaten, formierten sich zu einer kurzen Linie, sechs Glieder tief, wurden gerichtet. Unser Bekannter stand vor der Front und hielt Appell. Alles mögliche: über Bekleidung, Drohung mit leichten Strafen, »Waffen vorzeigen!«, Missetäter rechts raus, Postausgabe, Kommandos wurden eingeteilt, Anordnungen verlesen. Ein persönlicher Tagesbefehl Alexanders (wir hörten eifrig zu.): die Einrichtung des »Lebensborns«: er übernimmt die Sorge für die »seinen Soldaten« von asiatischen Frauen geborenen Kinder. Diskrete Erledigung zugesichert. Die Heimat erfährt nichts davon; garantiert nichts. – Alle beantragten sofort Nachturlaub. (Hipponax lachte ironisch; aber doch auch erregt, über mein empörtes Gesicht. »Es ist unschätzbar für Sie« sagte er ingrimmig, »daß Sie die Welt kennen lernen. Ein Kommentar ist ja wohl überflüssig —« Ja; war überflüssig. Also solche Lumpen; Schweine!)

Sonnenuntergang: Sie sind immer noch nicht zurück. Hipponax kam aus dem Warenlager; er hatte ein paar feine Fackeln gekauft. Guten kaspischen Wein. »Pantomimische Tänze führen sie auf« berichtete er lakonisch »so: Apollon und Daphne; Amor und Psyche;« er zögerte unmerklich »auch Leda —« sagte er barmherzig; lachte: »Agathyrsus als Schwan ist großartig«; schüttelte den Kopf. »Nun, des Geldgewinnes halber macht man Viel«, erwiderte ich welterfahren, aber mit blinden Augen. Er nahm mich ernst: »Ja, mit Geld wird hier rumgeworfen« gab er zu »obwohl Monika wohl auch der Lust halber mitgeht«. (Ein Arzt könnte nicht vorsichtiger sein.)

Gekritzel: Beide kamen betrunken zurück. Setzten sich zu uns vors Haus. Um Mitternacht. Das Haar straff zurückgekämmt, mit breitem Band über den Scheitel gehalten; nach hinten, sommerfädige Webe, selig auseinander wuchernd. Mehr Wein mußte herbei; noch neue Fackeln. Unheilig pfiff und wortete der schmale wilde Wünschelmund. Sie wies mit dem Kopf auf mich: »Ich hab' auch eine Botschaft an Alexander« sagte sie, duckte in die Tür, und kam mit dem breiten flachen Kasten wieder; darin ein Bild »Thais ihrem angebeteten Alex« stand auf der Rückseite: Eine vom Zentauren entführte, nun auf ihm reitende Nymphe, die, schon gewonnen, den schalkhaft in beide Hände genommenen Mond ausbläst; Gebüsch und Wiesen im Abenddämmer; und meisterhaft gemalt (Apelles).

Thais ist Monikas Freundin. »Ja, er liebt sie bathykolpos« sagte sie, mit frechem nacktem dünnem Finger zeigend, es mir boshaft ausmalend, und fügte so Schamloses hinzu, daß die Nase des Agathyrsus auf's Neue ihren zuckenden Kordax ausführte (aber nur über meinen errötenden Unwillen, nicht über ihre Anmerkungen) »Ich bin nicht sein Typ« sagte sie verschlagen, »aber wenn er betrunken ist, macht er Alles: denk an den Mord des schwarzen Kleitos, den Brand von Persepolis. Vielweiberei: Roxane, Stateira, Barsine, Thais«. Auch Agathyrsus wußte immer neue Namen. (Leider ist es wahr; er hat peinliche Schwächen: am Schlafbedürfnis und an der Neigung zum anderen Geschlecht, soll er neulich gesagt haben, erkenne er, daß ihn noch etwas von Göttern unterscheide).

»Nebenbei: er soll krank sein« sagte sie, den Kopf wiegend, sog an dem braunen glatten Wein, prustete auflachend: »... in diesem Sinne –« Ich hörte ihre Atemzüge; es standen nur ein paar Kisten zwischen uns.

11. Thargelion: früh Abschied von den Laffen; Einer küßte sie schamlos in die Innenfläche der Hand. Drei Pferdegespanne fuhren nach Thapsakus, Bekleidung holen; da hatten wir viel Platz drin. Monika, schläfrig und faul, zählte Geld mit Agathyrsus; anschließend Debatte, ob man auch noch nach Barbalissus gehen sollte (ist ein Landschloß dicht oberhalb Th. am Fluß), aber Monika lehnte ab: »s' ist auch bloß MilGov da.« (Wahrscheinlich ist nur der geldgierige A. an Allem schuld!) – Ziemlich eintönige Felder

draußen; einmal hatte man sogar den Versuch gemacht, Sylphion anzupflanzen, interessant. Überzüchtete Äpfel mit hektisch roten Backen.

Thapsakus: Uralte große Stadt, hauptsächlich auf dem rechten Flußufer gelegen (drüben ist nur eine kleine aber geschäftige Neustadt). Schöne steinerne Brücke über den Euphrat, sehr fest und bequem, breit.

Wir erhielten (mit Mühe!) dürftige Unterkunft im offenen Hof eines Karavanserai; in der Mitte ein freier Platz; kurze brusthohe Mäuerchen aus den Wänden teilen Boxen ab: eine davon kriegten wir. (Haben erst einmal den Mist herausgekehrt; Hipponax, bronzen und beherrscht, erzwang vom Besitzer eine flache Holzpritsche; unsere Decken darauf; das Gepäck. (Nebenan röchelten 4 Kamele, webten mit den Köpfen, Brunstblasen an den Warzenhälsen; auf der andern Seite, an der Mauer, ein paar Araber mit zwei verschleierten Frauen, alle dürr wie Leder – es ist ja der große Umschlagplatz für deren Handel von Süden, Arabia eudaimon, und der Phönizier von Westen her). Hipponax wurde beauftragt, das Boot zu mieten (d. h. er war ohne Diskussion der Mann dafür), und lud mich ein, mit ihm zu kommen.

Die runden Kähne wirken doch merkwürdig, wenn man sie so in Dutzenden beisammen sieht; manche sind aber enorm geräumig. Nach derbem Handeln kriegten wir endlich einen für Übermorgen: die beiden Führer wollen's in einer Woche bis Babylon schaffen! (Sonst rechnet man meist 10 Tage: nun, der Fluß geht schon reißend, die Schneeschmelze oben hat dies Jahr früh begonnen. Aber teuer ist's auch; die Hälfte von meinem Geld ist weg!)

Großausstellung am Dreiecksmarkt: Der Fall von Tyrus, mit Reliefkarte, Modellen etc., tyrische Waffen. Hipponax bezahlte sofort unsere zwei Drachmen, und wir schritten durch die Schaustücke. Die Belagerungsmaschinen wirkten fürchterlich, wie Insektenriesen mit stakigen Gliedern, haushoch, friß die Mauer. Er lachte bitter: »Ja, ja: in tausend Jahren werden sie soweit sein, daß auf der Agora jeder Stadt ein Apparat mit Handgriff und dieser Aufschrift steht: Ziehe und Du zerstäubst den Erdball!« »Und wer wird ziehen« fragte ich ermüdet (vom Neuen). Er hatte die breiten Arme vor der Brust gefaltet, und sah stumm durchs Balkengewirr. »Ja: Wer –« sagte er schnell und sachlich, zuckte die Achseln, sann höhnisch und abwesend: ». . . vielleicht ein Mädelchen, das eine schlechte Zensur bekommen hat; oder ein trunkener Gefreiter, der sich vor der kichernden Geliebten brüstet; oder ein neunzigjähriger Bauer, der einen Prozeß um ein Wegrainlein verlor –« Er nickte, bitter amüsiert, lachte kurz: »Oder –« aber er fing sich wieder, sah mich von der Seite an und sagte: »No – das können Sie sich ja noch viel pikanter ausmalen und formulieren – vielleicht zöge ja auch Lampon von Samos, wenn Monika es wollte –?« (Aber sein Lachen war schalkhaft, gutmütig). – Draußen fügte er noch hinzu: »Wer noch leben will, der beeile sich! – Fürchterliche Kriege werden kommen . . .« Im Goldbrunnen dieses Tages.

Hinterm Feuer (Monika wollte unbedingt Eines, nur ein kleines, es sei so malerisch). Alle Anderen hatten allerdings auch welche.

Agathyrsus hatte einen Bekannten aufgegabelt, Schreiber bei einer Gesandtschaft (zu der wir schon für morgen fest eingeladen sind, ich auch; sie kommen geraden Weges von Alexander. Gut.) Beide schon ziemlich animiert. Auf dem Innenraum ein breites Geflamme: entlassene Veteranen aus Babylon; sie prahlten und johlten: »18 Jahre bin ich dabei!«; rühmten: Alexanders Mut, Größe, Güte; zeigten die Halsketten, die er ihnen eigenhändig umgehangen hat; Orden. Wie es anfing; der Übergang über den Hellespont: das Opfer auf dem Grabhügel des Protesilaos; mitten im Hellespont das Trankopfer; wie er, schon vom Schiffsbord, den Speer in die asiatische Erde schleuderte, dann als Erster ans Land sprang, und dort den Altar errichten ließ. Die Wettkämpfe an der Stätte, wo Troja gestanden hatte (wenn mans so erzählen hört, macht es einen unangenehm gekünstelten und berechneten Eindruck; wenns spontan geschehen wäre: aber so war Alles doch wohl nur übles schlaues Theater). Einer sprang auf, gröhlte gerührt: »Alles verschenkte er an seine Freunde! Für sich hat er nichts behalten; Nichts: gar nichts!!« Und Jeder schwenkte die Arme; Münder und Becher gafften hohl: auch Agathyrsus trank nochmals, prustete mokant, murmelte: »Pleite war der Bube; ja, ja! Er mußte Krieg machen; er konnte das Riesenheer sonst nicht einen Monat länger erhalten! Es fehlten sogar die Mittel zur bloßen Verwaltung Mazedoniens, sodaß er sogleich nach den ersten Beuten große Summen an Antipater schicken mußte –« »Nach Ihrer Ansicht sind das also bloße Raubzüge gewesen?« sagte ich verächtlich zu dem Halbtrunkenen (er nickte vielmal; Monika, vorsichtig, lenkte ein, sah mich an, mit Brauen wie dunkle Amselschwingen).

Drüben ging es weiter: wie er das Wasser vergoß in der Wüste. »Ins Unendliche wollte er: das Größte! – Wir aber waren erschrocken –« fügte er treuherzig hinzu, »doch waren wir die Ersten, die den großen Ozean beschifften, Indusabwärts«, und dann logen sie von Indien. – Also: das stimmt Alles nicht!! Er wollte gar nicht ins Unendliche; ich habe bei Aristoteles denselben Geographieunterricht wie er gehabt; und der hat mir oft gesagt, wie er mit Alexander genau die Grenzen der Ökumene besprochen habe. Gleich hinter dem Indus im Osten ist sie ja bekanntlich zu Ende, und er wollte eben ganz bewußt diese Ökumene beherrschen. Zunächst. Und im Südmeer ist schon vor 150 Jahren Skylax von Karyanda gefahren, und die Araber tuns wahrscheinlich laufend im Indienhandel. – Das sind Unwissende! –
Agathyrsus sagte schnalzend: »Die gehn um Neue zu locken. – 20 Mann werden entlassen, mit Medaillen und Geschenken überhäuft – dafür lassen sich dann 20 000 verführen: Die Bändel-Methode der Großen. Und die Dummen fallen drauf rein ...« Ich zwang mich, sachlich zu sein; ich überlegte: er hat schon Recht; aber er sieht nur die eine Seite. Natürlich kann man es auch Trick nennen und Spekulation auf die Dummheit des Pöbels: aber es geht um Großes, und da ... Hipponax sah mich fest an: er sagte: »Der Zweck heiligt die Mittel nicht!!« – Pause. »Was halten Sie eigentlich für den Zweck?« leise und wie zerstreut.

Im Schlaf: Was ist der Zweck? Warum schläft Alles? Der Hof hängt an blauen Rauchseilen; ja, was ist der Zweck? Das ewige Friedensreich doch wohl;

oder — — ? — Ein Weltreich; ja, ja. —
Ich muß mir immer vorstellen, wie er schon in Thrazien die Vorbereitungen für das Troja-Theater trifft; das Altar-Bau-Kommando wird eingeteilt, so ganz kalt. — Widerlich!
Die verfluchten Kamele! (d. h. die wirklichen neben uns!)

12. Thargelion: Tag heiß; heiß. Haben über die Ecke, hinten, eine Decke gespannt, damit wenigstens ein schattiger Platz da ist. Staub und Tausendsgeschrei; ich bedauerte Monika, aber sie spannte nur abwehrend die Stirn: »Wenns nie schlimmer kommt im Leben ...« murmelte sie kalt. Auch Agathyrsus schlief unruhig, ein Deckenwulst; sie haben alle Gleichgültigkeit der Vielgequälten (dabei Intellektuellen) gegen Dreck.

Beobachten wird schnell langweilig: Hipponax (der heute Abend beim Gepäck bleibt, »die Stellung hält«, wie er im Heeresstil unserer Zeit sagte), setzte sich neben mich, und wir tauschten vor lauter Nichtswürdigkeit Rätsel und Zauberkunststücke aus. Ich machte ihm ein 16 Felder-Quadrat, legte die Zahlen von 1—15 durcheinander darauf und ließ ihn, durch Verschieben über das freie Feld, die normale Ordnung herstellen (er kannte es noch nicht). Dafür erzählte er: »3 Weinsorten hat der Händler nebenan, den Krug zu 10, 3 und 1/2 Drachmen; hier sind 100 Drachmen: holen Sie 100 Krüge«, und fügte hinzu: »Nicht das Ergebnis ist interessant, das errät man leicht. Wohl aber der exakte mathematische Lösungsweg, über Aufstellung der Gleichungen —« Na ja; bei der Hitze kann man nicht immer geistreich sein.

Mittags: Ein Stück zweideutiges Fleisch, zäh und brüllend scharf. (»Gut für den Durst heute Abend« meinte Agathyrsus, »wir werden ein phantastisches Gefälle haben«)

Ein kleiner Saal: (ganz feuriges hellgelbes Licht, prachtvoll).

Die Gesandtschaft ist aus Tarent; Agathyrsus kannte zwei davon. Er führte mich ein als »Lampon von Samos – bevorzugter Schüler des Aristoteles, und Neffe des Aristodemos. Von der Leibwache.« »Ach« hieß es, »Aristodemos, des Sophron Sohn?! Gut. – Nun, da sind wir ganz unter uns. –« (Scheint ein bekannter Mann zu sein, der Onkel. Beliebt.) 10 Namen blähten sich, verneigten sich, Klinias, Lamprokles, Archytas, Hippodamos, Philostratos, na, ist egal. (Namen wie Möbelwagen!)

Polster mit hellgelbem glänzendem Rips. Alles war aufgeregt; man trank viel und rasch (ich auch). In einer halbrunden Nische stand Monika in Chiton und Himation und sang. Schöne alte Lieder, mit ihrem etwas verdeckten Sopran. Er begleitete sie, abwechselnd auf der Theorbe, Syrinx. Es waren ganz einfache Gesänge ländlicher Art, kühl und bukolisch; Hü – a – ho, hü – a – hü – a – ho; hirtenstill und einförmig klang des Agathyrsus Flöte (»Phyllis, die im Kahne saß, drob des Ruderns ganz vergaß . .«)

Dann lag sie, etwa mir gegenüber, auf der Kline und plauderte klug, sehr sicher und erfahren.

Die Becher wurden größer; in jedem schwamm ein Fruchtstückchen, ein Mohnblatt. Klinias neben mir fragte nach Aristoteles: »Er soll alt und schwächlich sein? – Ja? – Die Alexanderfreundschaft ist ja wohl auch aus, eh?« Er lachte verbissen: »Tut ihm allerlei Tort an, was? – Ja, ja, er hat vergeblich versucht, dem Halbbarbaren einen Firnis von Kultur zu geben. Na, er ist ja vollständig verrückt geworden: läßt Hephaistion in Ägypten einen Tempel erbauen, als Halbgott; hab' ihn selbst auf der Herreise gesehen: ein Peripteros mit korinthischen Säulen!« (Er betonte die korinthischen Säulen, als bestände gerade darin eine besonders abgefeimte Lästerung). Schnaufte, hielt mir beteuernd breite trunkene Hände offen hin: »Du glaubst es nicht? Du solltest den Wahnsinnspomp am Hofe sehen –« Er unterbrach sich: »Hast Du nicht gehört, was bei Hephaistions Tod geschah? Scheiterhaufen: 180 Fuß hoch, 12 000 attische Talente wert, Bilder, Statuen, Schmuck darauf: Alles verbrannt!! Wochenlang nichts als Epoden und Fumigationen – ach, es ist –« er brach erschöpft ab, trank, schüttelte den Kopf, starrte mit sorgengepreßtem Mund gegen die Wand. »Stell' Dir vor: das Zelt! Das Riesenempfangszelt!!« Schon schrie es von allen Seiten: »Also in der Mitte steht ein Goldthron – massiv; hinter Schleiern –«. »Auf 100 Sophas sitzen Favoritenreihen: hundert. Ja!« »Bei jeder Audienz –«. »Nein: laß mich –: 500 persische Trabanten in seidenen und purpurnen Gewändern, auf der andern Seite 500 mazedonische Silberschilde!«. »1000 barbarische Bogenschützen mit Zobelköchern! 1000 Mann von der Phalanx!«. »Alles im Zelt, wohlgemerkt! – Außen herum dann 10 000 Perser, dazwischen abgerichtete Elefanten.« »Generale, Hofleute, Diener –«, Klinias spuckte aus: »– nichts als Proskynesis: auf dem

Bauch sind wir förmlich durch die Halle gekrochen:« er krauste wütende Lippen: »und dann durften wir leise zu irgendeinem greisen Salzknaben flüstern, der es an den weißseidenen Vorhang weiter gab—« er lachte giftig: »Oh, armes Griechenland, wie geht es dir so bös—« (Das alte Spottlied). Ich hatte auch mehr getrunken, als mir gut war.

Die Stimmung der Nachtschwärmer wurde ausgelassener: einer der Jüngeren plagte Monika um noch ein Lied. »Soll ich?—« fragte sie mich unvermittelt; ich schrak selig auf; ich sah in trunkene Mäuler um mich »— Nein —« sagte ich atemlos: sie hob bedauernd die dünnen Schultern zu dem Hüpfer: »— dann geht es leider nicht — —« (So fing sie mich!)

Politische Befürchtungen über Alexanders nächsten Zug: »Er rüstet gegen Arabien, gegen Karchedon, Rom, Tartessus, die Hyperboreer — Alles!« »Och, Rom würde es schon nichts schaden! —«. Klinias beugte sich zu mir, wie aus Schleiern; ich fühlte meine Lippen nicht mehr, wenn ich hinein biß: »— aber die Generale meutern —« flüsterte er geheimnisvoll, »es geht nicht mehr lange — denk an die vielen früheren Verschwörungen: Philotas, Kallisthenes! Offiziere — Intelligenz — Alles meutert ...«; »Daß er krank sein soll, ist bekannt?? —« fragte er laut und sah Agathyrsus an; der nickte, ohne den Kiathos abzusetzen.

Später neigten wir uns: Monika schritt an meinem Arm durch die Wände; Gesichter, Hände, alles goldbespannt.

In der Nacht, in der Nacht: Wind pfiff ein Spottlied auf mich. Wir liefen leicht und schleifend im Diebes-

schritt einher. Rauch kroch krautig und wachsgelb auf einem flachen Dach. Kam eine Bildsäule, wurde sie auf die Zehen getippt. Worte in rot und schwarzkarierten Joppen.
Hipponax saß noch finster am Feuerrest; »Haben Sie's rausbekommen?« fragte ich ihn. Er maß mich, begann zu lächeln. Ist ein netter Kerl. (Gleich darauf wurde mir beinah schlecht, es ging aber noch).

13. THARGELION: (Im Boot). Hausknechte rumpelten uns hoch; wir standen schaudernd im Nachtrest. Rasch das Handgepäck zusammengehauen (oben fatschten die fürchterlichen Kamellippen. Die vier Kisten waren schon im Kahn.)
Abstoßen: Rotes Grau, trostlos, öde Frierfarbe, im Osten. (Als wenns im Westen auch sein könnte!). Der Fluß schoß lautlos breit und wiegend vorbei, kalt von armenischem Eis. (d. h. die Hauptüberschwemmungen sind immer erst im Skirrophorion). Sie (die Schiffer) wollen tatsächlich in einer Woche unten sein: da werden wir wohl oft tief in die Nacht fahren müssen (und vorsichtshalber ab und zu 'ne Kleinigkeit für Kastor und Polydeukes ausgeben!).
Viele Waren in dem Rund (die Dinger sind doch enorm geräumig, wenn man so drin steht!): Töpferei, Fliesen (schöne bunte; werd sie am Tage näher besehen), Lederschläuche mit einem schwarzen süßen Kräuterwein (natürlich wurde sofort einer gekauft; Agathyrsus hat ihn als Kopfkissen: das mache angenehme Träume, behauptete er – exzentrische Leute).
Bebautes Land am Fluß (ich guckte nur mal aus den

Decken heraus); zuweilen dreht sich unsre Lederschale blitzschnell in den Strudeln. – Sura: irgend son Negerdorf.

Lange geschlafen: (die Andern tuns noch). – Verworren und mürrisch über die letzten Tage nachgedacht: einerseits haben sie schon recht. Unmenschliches Verfahren, diese Selbstvergottung. Und der abscheulich säuische Lebensborn-Befehl.

Abend: Jetzt ists Gelb und Rot am andern Ende der Welt.

Maschensilber der Gestirne: hakiger Mond verfangen im nachlässig hängenden.

Drüben liegt Nikephorium (ein Flußmäulchen daneben: der Belias); ist eine Alexanderkolonie, frisch gegründet, meist noch Holzhäuser. Am Ufer war ein hoher Steinhaufen; ich fragte den ältesten der Schiffer (der ein leidliches Griechisch zischelte): »Was ist das?« Er lächelte ältlich unangenehm, nuschelte: »Ein Denkmal.« Für wen: »Den Gefallenen der epeirotischen Phalanx, steht darauf.« Agathyrsus fiel ein; tat erstaunt: »Den Gefallenen?! – Wie das! – Er hat doch nie über 10 Mann Verlust gehabt?! – Halt doch: einmal gab er ja 115 zu!« (Ich weiß: am Granikos hieß es im offiziellen Wehrmachtsbericht tatsächlich so) – Hipponax tippte ihn an, zog ihn beiseite zu den Schiffern, kam zurück: »Ja,« sagte er stirnrunzelnd, »es ist wohl besser, wenn wir drüben am anderen Ufer anlanden. Für die Nacht festmachen also. Soldaten haben meist den Unterschied zwischen Gut und Böse doch nicht mehr ganz so fest wie geübte Bürger. – Ist sicherer.« Wir ließen uns schräg hinüber treiben; Monika setzte sich auf den nach innen gewölbten

Bord und hing die geraden Beine ins Wasser; näselte ein schickes Liedchen (mit heller heiserer Stimme: vom Trinken noch, wahrscheinlich. – »Sechs bis sieben Küsse von ihr können ein Pferd töten!« behauptet Agath. Gemein).

Die Feuerschale: (drüben brannte eine Baracke ab; Geschrei und Toben; gut, daß wir hier sind!). – Zu Alexander fiel mir noch dies ein: Wer eine Feuerschale durchs Leben zu tragen hat, dem kann sie wohl einmal übersprühen (überfließen, -schäumen). Aber das wäre eher ein Bild des Dichters, dachte ich dann auch; nicht des Tyrannen: der rennt wie eine Fackel und steckt Dörfer und Städte in Brand. Gelegen und gezweifelt. (Dichtungen: Protuberanzen einer glühenden Seele. Aber die Praktiker; aber die Mouchards; Alle! –)

Monika neben mir: Wind bebte um unser Gesicht; sie öffnete den Mund und atmete stark. Ihr Haar begann sich listig an den Schläfen zu regen. (Lange rote Sandalenriemen hat sie).

14. THARGELION: Geweckt; noch Nacht. Unbeirrt flirrende Sterne: man kann nur den Kopf schütteln. Drüben glomm noch der Schutthaufen; kleines, klares, düsteres Rot, giftig dunstblau webernde Rauchstümpfe.

Im Boot war es so kalt, daß wir fast mechanisch an Schlauch und Amphora ran gingen (in der einen war tolles Zeug, daß selbst Agathyrsus bebte; er hatte es als »Doppeleiche« gekauft: dem Hersteller gebührt der Ostrakismos. Aber unheimlich wirksam). Monika sagte resolut: »So; jetzt warten wir 5 Minuten, und dann wird gequatscht: aber chaotisch, wenn ich bitten darf!« (Dein Wille geschehe!)

Agathyrsus weiß Alles: (Woher?) Daß Philipp und Alexander so gespannt waren, daß Keiner mehr den Andern sehen konnte (vor allem wegen Olympias, die Philipp wahrhaft fuhrknechtsmäßig traktierte). Natürlich brachte er auch die unvermeidlichen Parolen: daß der Sohn habe den Vater ermorden lassen (d. h.: es geschehen lassen!) »Das sind Altweibermärchen« sagte ich scharf »für die es keinerlei Beweismaterial ...« »Nun, nun —« erwiderte Hipponax etwas spöttisch: »das ist noch kein Einwand; denn man würde es ja nicht gerade zur Einsichtnahme an allen Kreuzwegen haben aufstellen oder durch die Herolde ausrufen lassen. — In einer wohleingerichteten Tyrannis geschehen noch ganz andere Dinge, und kein Mensch bekommt jetzt oder später die ‹Beweise›. Aber man erkennt den Schierling an vielen Zeichen —« er sah flüchtig nach Agathyrsus hinüber, »— in den ersten 4 Monaten seiner Regierung hat Alexander sämtliche näheren Verwandten, deren er habhaft werden konnte, ermorden lassen: Amyntas ..« er hob die braunen Athletenhände, bog zählend die Finger ein; 14 Namen. (Agathyrsus grinste: »Die Andern hat er nicht erwischt«; freute sich wohlig in der Morgensonne. Was heißt das wieder?!) Ich senkte den Kopf; mir ekelte auch. — Ich hätte das Alles nicht so —. Bedacht. Ja, das war leider die Wahrheit. (Und wer das tut —. Es geht nichts über mein illuminiertes Gehirn).

Hob dann, um sich populär zu machen, die Steuern auf. Erteilte den Makedoniern den »Ehrenrang« im

Heere. Die Herrenrasse. »Meinen Sie, die ganze Hellas hätte umsonst gefeiert bei der Nachricht von Philipps Tode? Ein Großtyrann war beseitigt: das war schon Etwas! Den Ehrenkranz hat Athen dem Mörder nicht nur aus politischem Haß verliehen. – Ob die Welt nicht auch jubelte, wenn endlich Alexander . . .«
Ich wiederholte automatisch Aristoteles: »Das höchste Ideal wäre natürlich ein harmonisches Weltreich; die vereinigte, dann friedliche Ökumene . . .« Hipponax wurde unvermittelt ganz wütend: »Ihr Aristoteles ist ein Idiot«, schrie er »ein weltfremder: wie kann Einer bei 100 nach Sprache, Sitte, Religion, völlig unverständigten Nationen von einem Weltreich faseln?! Allein Europa wird nie geeinigt werden können.« Er fing sich wieder; sagte kalt unwillig: »Ich hätte Aristoteles und Eure ganze Sorte für vernünftiger gehalten; aber eine Isophrene (Linie gleicher Blödheit: Witzig!) verbindet unterschiedslos alle Menschen. Und Völker.« Schön, sollst auch Recht haben! (Er hats auch! Aber wenn Alexander ein Schuft ist, was sind wir dann erst?!) Aristoteles ist natürlich kein Idiot. (Das heißt: mir wird langsam Alles möglich.)

Spärlicher: die Dörfer am Ufer. Auch ärmlicher.

Einer der Bootsführer, jung, zahnlos, angelt; träge, stundenlang. Zog gegen Mittag einen armlangen Fisch heraus; Schuppen messerfarbig; alles diese grünlichen Räubermäuler. Wie wird er schon heißen: – Alexanderfisch? – (Alles lachte. Ja, ja; symbolische Beförderungsweise, die unsrige: die Welt hat zu schaukeln begonnen.)
Zenobia.
Am linken Ufer mündet ein beträchtlicher Fluß ein;

auch er hatte einen Namen, wie alle ordentlichen Dinge in dieser Welt: Aborrhos. Und nun soll dann morgen die Wüste zu beiden Seiten beginnen.

14 Verwandte: Das muß sich Einer mal vorstellen!! – Auch Theben fiel mir ein: atomisiert wurde es. »Wer wider mich ist, den zerschmettere ich« (ist aus seiner Hellespont-Rede damals; und Alle haben Beifall geschrien! – Fast Alle). Tat mit Pindars Andenken schön, um die Griechen, die literarische Nation, zu gewinnen. War dann wohl auch nur Berechnung.
Doch schön auf dem Fluß; man hat Raum.
(Legten nebenbei an mit Dunkelwerden.)

15. Thargelion: Flußfahrt vom Mund des Aborrhos. Die Hügel wirklich schon wüstengelb, fast mehr Dünen. Einmal ein einsames Balkenfort am linken Ufer (muß auch ganz schöne Arbeit gewesen sein, das Langholz tageweit hier raus zu fahren; die armen Bauernpferdel). Die Führer gaben gleich 3 Namen dafür an: Nikanor's Stadt oder Europus sagen die Griechen, Dura die Eingeborenen; muß wohl eine große Zukunft haben.

Mindestens Tausend: das sah wunderbar aus: die rötlichen Felle und das schwarze gedrehte Gehörn, Gazellen und Hirsche gemischt. Die ersten sprangen über die Uferböschung, standen und prüften, und dann stürmte das ganze Heer in den Fluß, plantschte, schwamm, arbeitete hinüber auf die andere Seite. (Später auch, weit in der Ferne, trabende wilde Esel und Strauße).

Gegen Mittag: wurde die Hitze fast unerträglich. Nur alle Stunden einmal ein wirres Baumgespinste.

Die Sandebene war mit Absinth und anderen wohlriechenden Kräutern besetzt. Wenn man kein Glied regte und die Augen schloß, war es prachtvoll: man saß wie in geschmolzenem duftendem Golde, in durchsichtigem. Einzelne Bergkuppen kommen manchmal näher, steinbruchartig wild, gefelst; braun mit grellfarbigen Adern, Marmor wahrscheinlich. (Zauberschlösser konnte man draus bauen, mit hohlen Säulen, in denen Wendeltreppen abwärts führten; sieh: sieh!)

Wind stöhnte im argen Himmel: der hatte die Farbe wie Menschenhaut; rote Wolkenstriemen, riemenschmal, waren hineingepeitscht. Der Strom schnalzte ein paarmal und rüttelte am Leder; aber die Schiffer blieben ruhig; erklärten: nur oben stürme und drehe es so, käme jedoch nie herab. Aber die Fische bissen gut. Sogleich knüpften sie Leinen an dornige Bronzehaken, spießten Klumpen des sanften grauen Brotes daran, und hingens in die gewäschigen Wellen.

Wo ankern wir heut?: »Bei Tschil-Menar.« — »Was heißt persisch Menar?« fragte ich um mich. (Tschil ist vierzig); träumerisch murmelte Monika: »Menar: das ist so — ach, etwa pyrgos; Menar: der Turm, oder Pfeiler; Menaré: das Türmchen.«

Mauern, Trümmer, Säulen: An einer breiten Steinplatte legten wir an. Es war wie im Traum heut Mittag. (Und das geht weit: eine halbe Stunde landeinwärts und nach den Seiten. Es heißt auch: die Ruinen von Korsote). Noch ist Alles warm vom Tage her: die Steine und der Boden. –

Sie haben ein kleines Feuer auf der Terrasse, machen flache Steine heiß, und schmieren ihr angerührtes Mehl handdick darauf: so wird also unser Brot gebacken. (da wischte es hinter mir: ganz kleine Wesen bewegen sich in Huschesprüngen, weg sind sie. – Schlangen gibts kaum hier; ist wohl eine Art Springmäuse).

Einen nehmen: Wir beschlossen »Einen zu nehmen« (d. h. wir fühlten Alle gleich. Die Nacht wäre auch zu schade zum Verdämmern), und der armenische Kräutersaft schluckt sich süß, herb und glatt und – ach. Dann Doppeleiche. Weh!

Monika: Dies war schon hinter Mitternacht. Sie wehrte den Becher ab, glitt ins Boot, und kam zurück mit dem kleinen Kupferteller. Vom tönernen Feuerkruge strich sie weiße Asche weg, löffelte sich ein Häufchen Glut, streute Hanfkörner darüber (schon wieder bei uns an eine Säule gehockt), und atmete begehrlich den Dampf ein: erst quoll er breit und ballig, dann milchlockig, dann mündete nur noch ein breites blaues Band zwischen ihren glatten Zähnen.

Der Mond ist in allen Kammern: Wie da Licht und Nichts rätselhaft geschäftig am Werke waren. Flossen graue Silberranken aus gittrigem Ästegekraus; breite Blattflächen blähten sich, bogen sich, schwanden langsam gerollt. Uralte Gesichter mit tropfigen verwilderten Bärten begegneten einander im krautigen Unterholz. Laufen um mich Agathyrsus und Monika.

Drüben ist ein Raum mit bauschigen weißen Seidenpolstern gefüttert. Gut zum ehrerbietig einen Becher trinken.

Grau fror Licht im Osten: ich blies Nasenluft, köpfeumschwebt. Odumonika. Ich schlug die Fäuste an eine Säule: da standen alte Namen ..ph. Wer betrunken ist, weiß den Weg; ich will viel trinken. Ich hob die Hand: ein weißes dickes Quadrat mit runden 5 Fingerstäben: ich winkte damit Monika! »Wir wollen eine Tür suchen. In diesen Wänden —« flüsterte ich fanatisch und golden klug: »— eine Tür! Die führt uns von Allem. Vom verfluchten Betrug.« Sie kam stählern schwankend näher an mich, sie sprach zischend und willig durch die Silberzähne: »Wohin —« Ich hob eine Hand über den Kopf und ließ sie blitzschnell magisch sinken: tief, — nach unten — durch bilderglühende Zimmer — durch die Zahl Unendlichfast — 7 Blutstropfen Sniöfiälls und ein Eulenschrei! Ich lief wandentlang, drückte in gemeißelte Vogelaugen, zog flehend an konventionellen Gewändern, einem Roß schlug ich Stirn gegen Stirn: sie schwiegen und kalt.

Ich wandte mich zu IHR. Ich spannte mein Gesicht, daß es riß. Stein scheuerte hinten im Haar; mein Herz glockte. Sie trat auf mich zu. Und wir sahen uns in die Augen. Melaphryene.

Blutmäulig: eine Scheibe Rohfleisch kam das Sonnenstück über den Lumpenstrom. Und es blökte vom Äppelkahn her: ja, ja, ja, ja, ja ...! Ich faßte ihren leinenweißen Arm; ehrfürchtig; wir gingen; kindlich; schlafen. (Der Mondstachel schwirrte über uns).

16. THARGELION: Nach 2 Stunden aufgefahren, den ganzen Wein über Bord gespuckt; (Niemand hats gemerkt; bloß der wachhabende Schiffer lachte). Mir war zum Sterben gleichgültig. Alles vergiftet.

nach Mittag: Blöder Traum: wie ich als Adler mir als Mensch um den Kopf flog. Abgeschmackte Einlagen dazu: ließ mich mit Frühstücksbroten von jungen Arbeiterinnen füttern und ausgiebig bewundern. Alles Quatsch (Hätts gar nicht erst notieren sollen). – Die Anderen dösen noch immer.

Der Fluß beginnt Inseln zu bilden: sich zu winden. Sandbänke mit duftendem Gestrüpp. Oft müssen sie recht breit sein; denn erst weit östlich sieht man wieder das richtige hohe Ufer. Wahrscheinlich hat sich der mitgeführte Sand um eine Felsgruppe als Kern angesetzt; Samen wurden hineingeweht, angeschwemmt; denn sie sind verhältnismäßig viel besser bewachsen, als das andere Land (klar; der ständigen Umwässerung wegen!): viel mannshohes Buschwerk, zwar jetzt dürr, aber schon grünlich bereift; der Graswuchs muß monatelang üppig sein. Auf solchen Sandbänken immerwohnen: Nachts heimlich über den Bootsrand schlüpfen, hinüberschwimmen; mit Monika; im Duft leben (»von« Duft wohl auch, wie? ach, weg!): im Sand liegen; braun und gelb wird die Haut wie Sand und Fels: niemand erkennt uns mehr. In ihre Augen sehen; Fische darbringen; nachts um winzige Feuer sitzen, tief drinnen im Hag, oh Ewigkeit.

Belesibiblada: (bin nicht kindisch geworden!) ein Nest am linken Ufer hat den Zungenbrechernamen (Je kleiner das Objekt, desto pompöser der Titel).

Ah, wir erwachen: Erst wurden (zum Zähneputzen?) scharf schmeckende wohlriechende Holzzweiglein gekaut (dann über Bord gespien, kunstvoll). Darauf stieß sich Agathyrsus an der Kiste mit dem Thais-Bild, wodurch der ungezwungene Übergang zu einem Gespräch über heutige Kunst im allgemeinen geschaffen wurde. (Es ist aber auch übel glatt gemalt; so nichtssagende Schenkel hätte ihre Freundin nun doch nicht, mißbilligte Monika). Hier konnte ich viel mitreden (die Kunst mein' ich natürlich); denn Aristoteles hatte oft ziemlich scharf (und öffentlich) geäußert, daß sämtliche Künste, vor allem jedoch die darstellenden, durch die von Alexander befohlene Verbindung mit dem orientalischen Schwulst rettungslos verdorben würden. (Insofern wäre dann sein Tod ein Glück, zumindest für die Kultur). »Gewiß« sagte Hipponax entgegenkommend: »auch die Hauptstädte würden wieder mittelmeerwärts gelegt — denn das Reich zerfiele natürlich sofort wieder.« »Der beste Beleg ist ja seine eigene Umgebung« plauderte Monika boshaft, und erzählte dann von einem früheren Besuch am Alexanderhofe, wie er dem Choirilos (einem notorisch elenden Poeten!) nicht nur das Privileg erteilte, seine Taten zu besingen, sondern den Versemann auch so überreichlich belohnte, als ob er ein Homer gewesen wäre, und jedenfalls so, wie noch kein guter Dichter jemals belohnt worden ist. Ich erinnerte mich des Urteils eines witzigen athener Literaten, und zitierte ihn wörtlich: »Vielleicht gab es gerade damals keinen Besseren als diesen Choirilos; oder vielleicht suchte und fand dieser Bessere keinen Weg zu Alexanders Ohr. Vielleicht klingelten auch die Verse des Rhapsoden Choirilos gut ins Gehör, und Alexander, der keine Zeit hatte, darauf Acht zu geben, ob die Gedichte seines Hofpoeten im Ganzen gut oder schlecht waren, fand sie vortrefflich, weil seine eigenen Taten darin besungen waren. (Er läßt ja gerade noch Zeus Keraunos über ihm). Wären sie gut gewesen, hätte er sie vermutlich nicht besser gefunden.« »Schon möglich«

sagte Agathyrsus behaglich: »vielleicht hatte er aber auch eine Schwester, die einem Liebling Alexanders gefiel. Vielleicht hatte er auch ein Gedicht auf den Schoßhund einer Geliebten Alexanders gemacht, oder deren Elster sprechen gelehrt. Vielleicht erweist Alexander der Dichtkunst die Ehre, selbst Verse zu machen, und just diesen Choirilos traf das Glück, daß er dazu gebraucht wurde, sie ihm schön ins Reine zu schreiben – und die fünffüßigen Hexameter länger und die siebenfüßigen kürzer zu machen. Und ein jedes dieser ‹Vielleicht› war für sich allein schon hinreichend, um den glücklichen Choirilos, wenn er auch der erste Dummkopf seiner Zeit gewesen wäre, in den Augen Alexanders zu einem Homer zu machen.«

So klatschten wir: (es war aber doch wohl mehr; die Summe all dieser Einzelheiten fängt an schwer bei mir zu wiegen). Deinokrates wurde erwähnt, der ihm vorschlug, den Athos zu einer Alexanderstatue auszuhauen, welche in der einen Hand eine Stadt von 10 000 Einwohnern, in der anderen eine riesige Schale, aus der ein nie versiegender Fluß ins Meer strömen würde, tragen solle. Seine Verehrer erzählen, er habe mit einer edelköniglichen Antwort abgelehnt; aber Tatsache ist leider, daß er ihn zum Hofarchitekten machte, und ihm die Leitung sämtlicher Bauten im ägyptischen Alexandrien (und anderen Städten noch!) übertrug: es mußte allerdings in Chlamys-Gestalt angelegt werden, als Abbild der Ökumene im Kleinen : also hatte die verfluchte faustdicke Schmeichelei doch ohne Weiteres ihre Wirkung getan – war also auf seinen Charakter berechnet gewesen. Oder Anaxarchos, der alle Untaten Alexanders (den Mord des

Kleitos z. B., oder die ‹Satrapenköpfe›) philosophisch begründete und rechtfertigte. »Im Gegensatz zu Kallisthenes« sagte Hipponax ernst »das war ein Mann!« (Der Name durfte in Aristoteles Gegenwart nie mehr erwähnt werden; seitdem datiert der Bruch mit Alexander). Astrologen, Seher; Aristander von Telmessos.

Warum legen wir an?: Anatho, eine Festung (mit vielen Häusern darin) auf einer Euphrat-Insel. Ah: die Bootsleute haben eine Ladung sidonisches Glas für einen Kaufmann des Ortes. Dauert bis Sonnenuntergang.

Gang durch den Ort: mit Monika, die sich in einen jungen Mann mit Schifferkappe und Chlamys verkleidet hat (Gelegenheit die Schenkel beliebig lang zu zeigen). Steile Gassen; Treppen meist; man kann ziemlich hoch steigen.

Gaffen über die Mauer: Hundert Ellen fast senkrecht über dem Stromspiegel. Tauben kreisen klatschend auf. In der Zitadelle langweilte sich die 20-Mann-Besatzung. Bergketten drüben (Doch wieder völlig öde, soweit der Blick reicht) »Und ..« fragte sie; wir gingen. Die Sonne zog sich lauernd zurück. Die Schiffer wollten die ganze Nacht durchfahren (sind keine Riffe hier im Flußbett); obwohl er unerhört reißend fließt, fürchten sie nichts; geht auch unglaublich schnell, die Reise. Zu schnell.

Endlich mal ein Tag nüchtern.

»Oh, ich weiß«: sagte Monika, im Boot liegend, an meiner Schulter: »woran Sie denken: die kleine Hellhaarige am Holzbottich — — ja?!« Ich mußte doch lachen: »Nein« gab ich zurück »das ist nicht das

Richtige —«. »Und was ist denn Ihr Typ? — Darf man fragen — — —«; ich sah sie mit verzweifeltem Entschluß an, mitten in ihre Augen; »Oh, doch noch eine Liebeserklärung heute,« sagte sie, schon abwesend, gedehnt und listig; bettete gelassen ihre Haare in meinen Oberarm, und schlief sofort ein. Ich nicht.

17. THARGELION: Ödnis der Landschaft: nicht die erhabene Glätte des Sandmeers, sondern trostlos störend mit trockenstem Gestein verstellt. Erzeugt Kehrichtgedanken.

Ein verlassenes Dorf schwamm vorbei: (nicht verbrannt oder so: eben einfach menschenleer). »Das zweite seit gestern« stellte Hipponax fest ».. ich komme nicht als Zerstörer, sondern als Wiederhersteller der persischen Großmonarchie . . .«. Agathyrsus feixte beifällig »Wie sich das anhört, nich?! Aber daß er sich zu allernächst mal auf diesen Thron setzen wollte, das hat er nicht erwähnt, was? — Die klügeren Perser haben das ja sofort durchschaut; deswegen zerstörten die einheimischen Magier ja auch auf Konto Alexanders das Grabmal des Kyros, um die nationale Erhebung zu schüren.« »Ja,« sagte ich: »es bleibt immer ein Wunder, wie er von dem kleinen Mazedonien aus das Riesenreich unterwerfen konnte. Es war ein Meisterstück der Eroberung.« Sie lachten unhöflich (auch Hipponax). »Ich will Ihnen sagen, was ein Meisterstück der Eroberung ist,« erklärte er »dieses dauert und trägt Früchte, jahrhundertelang, vor allem politischer und wirtschaftlicher Art: weil es eine neue, längst vorbereitete, längst fällige Einheit schafft. — Hier aber ist

Folgendes vor sich gegangen: Persien, ein lockerer Nationalitätenstaat aus 100 Einzelvölkern, wurde von einem starken Heere guter Berufssoldaten auf einzelnen dünnen Linien hin und her, meist sieghaft, durchzogen, sorgfältig ausgeraubt, und in einzelnen wichtigen Plätzen besetzt. Erobert ist das Land ja gar nicht: unzählige Bergvölker, in Kleinasien, — ach überall — sind frei wie Vögel; viele Einzelfestungen trotzen noch immer: wer fragt am Indus oder bei den Skythen noch nach Alexander? Überall Partisanen. Das Land ist also nicht ‹organisch› erobert; zu so einer Unternehmung hätte sich ja auch ein vernünftiger menschlicher Feldherr niemals verstanden; er hätte den Wahnsinn von vornherein eingesehen. Alexander, sich auf Kleinasien beschränkend, wie Parmenion es ihm bei dem Friedensangebot des Dareios so dringend empfahl, hätte ein Wohltäter der Menschheit werden können: da hätte er dem Griechentum, griechischer Kultur überhaupt, eine neue wundervoll reiche Basis stellen können, es für längste Zeit hinaus sieghaft kräftigend. Nach 200 Jahren dann hätte ein weiser Nachfolger weiter gekonnt. Aber er hat damals schon die richtige Antwort gegeben: er würde dies Angebot annehmen, wenn er Parmenion wäre!! Es handelt sich eben bei ihm nur um die Befriedigung des Ehrgeizes eines dämonisch Einzelnen, vom Glück wahnsinnig Begünstigten; bei seinem Tode wird die ganze Seifenblase platzen, und der wahre chaotische Zustand der Dinge handgreiflich werden. 10 Staaten, in fürchterlichen Hundertjahrkrämpfen ständig Gestalt und Machtverhältnisse wechselnd, werden entstehen; eine ungeheure Summe von Leid und Elend —« er brach zitternd ab, drehte mir ein loderndes Gesicht zu: »Und Mazedonien-Griechenland? — Solche Unternehmungen können nur um den Preis völliger Zerstörung der wirtschaftlichen Kraft und des Volksvermögens geführt werden, trotz allem Geschwätz dilettierender Militärs — Sehen Sie sich doch die Heimat an: das Land ist verödet, die jungen Männer faulen in den Alexanderwüsten; auf den Marktplätzen wuchert Gras; der Rest geht in den Machtkämpfen der nächsten Jahrzehnte zugrunde. Griechenland hat seine Rolle ausgespielt, mein Lieber! Nach ein paar Menschenaltern kommen nur noch Antiquitätensammler hin; Reisende, die sich in Sparta Schauturnen ansehen, und aus Athen ein Schulmeisterlein mitnehmen. — Haha!« er lachte aber nicht, er zitterte wie eine Flamme; er warf seine Hand breit vor mich hin: »Zeigen Sie mir die Stelle, wo durch Alexanders Verdienst ein Grashalm mehr wächst: ich kann Ihnen für jede 100 zeigen, wo nichts mehr gedeiht!!!« Ich wich an die Bootswand vor dem Geschalle; ich stotterte: ». . aber die Pflanzstädte . . .« Er lachte wie ein Unsinniger (duzte mich wieder): »Du bist ein Blitzkerl!! — Hast Du die Bruchbuden mal gesehen?! — Na, wie hier am Strom ungefähr! So 50 Alexandrias hat er gegründet — nämlich, wenn wieder mal 1000 Halbinvaliden zusammengekommen waren, die seinen Adlerflug unnötig hemmten! In Palisadendörfer an die Ränder des ‹Reiches› hat er sie gesteckt, wo sie in 5 Jahren entweder von den Barbaren umgebracht, oder in 50 selbst welche geworden sind: aber jeder kriegte 50 Parasangen Wind ums Haus, fürstlich, was?! —«

Schweigen: Monika zählt Gold; viel, ein feines Klingen: sie rechnete und hielt dabei spitze helle Finger mit spitzen hellen Fingern. (Keiner achtete auf sie; höflich). »Ja, und was spielen wir in Babylon?« fragte sie.

Das Repertoire: den fast schon klassischen ‹Sataspes› natürlich; dann ‹Am Brunnen› (ich weiß: ein flaches Tendenzstück, welches die Verschmelzungspolitik Alexanders gefällig feiert und darstellt: ein mazedonischer Feldwebel heiratet zum Schluß ein persisches Bauernmädchen); die ‹Geheimnisse von Aornos›, ein wüster Reißer mit feurigen Geistern, Racheschwertern, Grabgewölben und unendlichen Schätzen. Und ‹Mädchen unter sich›, eine Posse für Soldaten; mit unaussprechlichen Schweinereien, die zur Erhöhung der Wirkung den (äußerlich) kindlichsten der Komödiantinnen in den Mund gelegt sind; und worin Monika glänzte. Ich erzählte, um sie abzulenken, die (wahre!) Geschichte von den Schätzen des Sataspes und dem alten Skandal auf Samos; es war ihnen neu, und sie horchten neugierig zu. »Ganz schöne Summe —« sagte Agathyrsus anerkennend und süchtig »— was, Monika? —«, und sie nickte stark lobend, mit gekraustem Mund und anwesenden Augen.

In der Dämmerung: sahen wir einen Feuerschein auf dem Flusse: der schien zu schwimmen. »Is« erklärte der Alte, »— die Asphaltquellen fließen zum Teil ungenützt in den Strom, und junge Schiffer —« (er blickte mißbilligend auf seinen Helfer) »machen zuweilen die Dummheit, die schwimmenden Massen anzuzünden; manchmal brennt das ganze Wasser —«, er murrte noch und wurmisierte ungehalten in seinen Töpfen. »Ja, und was geschieht eigentlich regulär mit dem Zeug?« fragte Monika, die sich wohl zu langweilen anfing, und weit zum Bord hinaushing; »es wird im Babylonischen als Mörtel gebraucht« konnte ich auskunften. Heil der Bildung.

Ich habe viel Einzelnes gelernt, aber zu wenig gedacht.

18. THARGELION: Schon Morgens beim Aufstehen ein unangenehmer brenzlicher Geruch nach der stinkenden Teerschlacke; scharf.

Erst Hügelreihen, dann Bergzüge zur Rechten, steril und zornig gerötet: zieht sich weit, weit nach Westen, das Bergland, erzählt man.

Zur Amphora, zum Krautweinschlauch: diesmal ging ich als der Erste, resolut und erhielt erstaunten Beifall (ich wußte aber, warum ich trank; ich brauchte Mut; ich wollte nun noch mehr wissen!) Wir nahmen unser Quantum, verharrten die obligaten 3 Minuten in beherrschtem Stillschweigen (vielleicht war Hermes an Bord; aber wohl mehr Bakchos) und ich fragte in die munteren Gesichter, in die scheinenden Augen: »Oh, Ihr, die Ihr Alles wißt—« (»Hört, hört—« unterbrach Monika triumphierend »ein Schüler des großen Aristoteles ——«; aber Agathyrsus gebot bedeutend Stille: »Der meint Dich gar nicht: der meint mich!!«). Ich wartete verbissen und forderte dann: »Nun sagt mal, haben denn nicht schon Manche ihn ermorden wollen —— Philotas —«. »Das lassen Sie sich von Hippo erzählen.« (Also den Kopf sorgfältig zu dem gedreht; da saß er; etwas zu ernst — wir wollen ihn Ernst nennen.)

Die Verschwörung des Philotas: Unzufriedenheit schon damals im Heere, vor allem viele Offiziere (Gründe sind bekannt: Proskynesis-Komplex, Neid auf Einschaltung der Perser, etc., etc.; neu war mir aber, daß Antipater, als er von der bedenklichen Stimmung der Truppe Kenntnis erhielt, bereits zu jener Zeit ein geheimes Bündnis mit den Ätoliern gegen Alexander schloß, um nötigenfalls Gewalt gegen Gewalt setzen zu können). In Drangiana reifte dann der Plan – »sieben Jahre sinds jetzt« – wurde durch Zufall verraten, die Verschworenen verhaftet: eine Unmenge Personen waren schon hinein verwickelt, Generale (Polemon von der Kavallerie; Amyntas, Attalos, Simmias, alle von der Phalanx). Die eigentliche Triebfeder wurde in Philotas, des Parmenion Sohn, erkannt. »Mit Recht nebenbei«, setzte Hipponax langsam hinzu.

Parmenion: (er wurde warm). Parmenion, einer der ältesten und verdientesten Generale schon Philipps, und mit Antipater der angesehenste aller Mazedonier, war schon längere Zeit mit Alexander gespannt. Er mißbilligte aufs Höchste dessen bodenlose chaotische Eroberungsabsichten; er riet ihm stets zu, die Friedensangebote des Dareios anzunehmen, und das Gewicht seiner Meinung beeinflußte Viele. Bei Arbela hatte Alexander ihm einen faulen Posten in der Schlacht zugeteilt, damit er ihm danach vorwerfen könnte, nicht voll seine Schuldigkeit getan zu haben, »erstens war es eine Hinterlist; zweitens eine Lüge; und drittens hatte er ja früher etwa tausendmal seine ‹Schuldigkeit› und mehr getan – man denke an den Aufstand des Attalos vor 12 Jahren.: Viel zu treu war er!« – Aber Alexander war des Hemmschuhes müde; des Mannes, in dessen Augen er durchaus nicht als unfehlbarer Gott erschien — nun, »der Dank der Könige ist Euch gewiß«. Jedenfalls hatte Zeus' Sohn ihn zur Strafe vom Heere entfernt, d. h. ihn als Statthalter im medischen Ekbatana zurückgelassen (auch ein dorniger Posten, nebenbei). Der greise hochberühmte Mann nun entschloß sich — nach schwerem Kampf mit seinem Pflichtgefühl, Gehorsam — dem Wahnsinn eine Grenze zu setzen: wenn es noch Einer konnte, war er es, denn Antipater war fern. So leitete er denn die Aktion, und setzte, auch hier Ehrenmann bis zur letzten Konsequenz, vor allem seinen eigenen Sohn ein.

Philotas: »Er war natürlich nicht ganz der geeignete Mann« sagte Hipponax gespannt, »stolz; sogar etwas eitel; sprach zuviel.« Er machte eine Handbewegung, die Vieles umschloß. Jedenfalls, um von Philotas ein Geständnis zu erlangen, durch welches auch Parmenion hineinverwickelt werden konnte, ließ Alexander ihn foltern und erlangte auf solche Weise, was er wünschte. Dann rief er das Heer zusammen, geilte es durch Reden auf (»Man denke sich nur, daß man den geliebten Führer, den Abgott seiner Soldaten, ermorden wollte!«) und überließ ihm dann, das Urteil zu sprechen und zu vollziehen. Steinigung. Er selbst weilte diskret im Zelte.

Ich: »Ein rechtliches Bedenken: — welche Zweifel man auch über das Ganze haben kann, so muß man aber doch wohl zugestehen, daß Alexander sich nicht gegen Philotas vergangen hat. Er war durch Zeugen überführt; die rechtlichen Formen waren bei seiner Anklage und Verurteilung nicht verletzt worden; und wenn das gegen ihn erlassene Urteil ungerecht war, so ist deshalb ja nicht Alexander anzuklagen, sondern das Heer, welches dasselbe ausgesprochen hat — oder?« — ».. welches dasselbe —« sagte er höhnisch nickend: »Oh, ihr gelehrten Pedanten! —« Er schob sich vor; er brüllte: »Freilich war er durch Zeugen überführt: er hats auch für sich selbst gar nicht geleugnet! Freilich waren die ‹rechtlichen Formen› eingehalten; sogar das Urteil war ‹gerecht›!! —« »— Aber, Mensch,« er sah sich um, nach dem Blitze: »könnte man mit solch peinlichen Bedenken dann nicht auch Theseus verurteilen, der einem myriadenfachen Mörder in den Weg springt und ihn totschlägt?! — Ein Denkmal hätt' er kriegen müssen!!« —

Wieder Parmenion: »Oh, das ist noch nichts« sagte er, boshaft gestillt. »Alexander wußte: einmal, in wie hohem Ansehen Parmenion beim Heere stand, und dann war ja noch die Möglichkeit, daß jener, sobald er vom Tod des Sohnes und dem Mißlingen des Anschlages erfuhr, die detachierten Truppen an sich ziehen konnte, und das Letzte in offener Feldschlacht gegen Alexander wagen:«, er erhob eine höhnisch nickende Hand: »daher beschloß der große Mann, seinen alten General hinterlistig umbringen — oh, nein: er hatte ja das Geständnis des Sohnes: er verurteilte ihn also bei sich zum Tode. Er schickte einen thrakischen Fürsten und zwei griechische Hauptleute in Eilritten nach Ekbatana; sie waren beauftragt, eine ‹Audienz› zu erbitten. Parmenion, noch nichts ahnend, läßt sie als Kuriere vor sich, und sie ermorden — ach nein: ein Urteil wurde ja nach Eurer Ansicht vollstreckt. Diesmal aber ohne Verhör des Verurteilten! Wohlgemerkt! Und ohne ihn nach der ‹rechtlichen Form› vor dem

Heere sprechen zu lassen: das wäre zu gefährlich gewesen! —« Er stieß verächtlich die Nase durch die Luft und wandte sich ab.

Besechana: Stadt am rechten Ufer. »Also sind wir morgen Mittag in Babylon —« sagte Agathyrsus befriedigt, »— warum sie das nebenbei ausgerechnet ‹Himmelpforten› genannt haben — eher zu allem anderen; bei dem Betrieb da drin.«

Weiße Gewänder in goldgestickter Luft: schallende Hymnen, eine Prozession (es ist ein berühmter Tempel der Atargatis hier). Viel Pauken.

»Ja, und nun erzählen mal Sie, alter Aristoteliker,« sagte Hipponax zwinkernd und wieder jovial, »was Sie von Kallisthenes wissen —« und auch die beiden Anderen rückten näher. »Ja, Sie kommen doch von der Quelle«, meinte Monika, lässig neugierig.

Also schön: (Ich spreche ungern darüber. Ungern!) Aristoteles hatte ihn damals Alexander als — Berater, oder Lehrer — (»Aufseher« unterbrach Hipponax kalt feixend); denn er selbst konnte ja nicht mit: er war zu alt. (»Sein Glück, sonst wär er auch schon weg.«) Kallisthenes war ein steifnackiger ehrlicher Mann, der Allen — auch Alexander — manchmal derb die Wahrheit sagte, und dem Hofe durch seine ewige Sittenlehre nicht wenig beschwerlich fiel. Wie nun Alexander sich allmählich mehr und mehr — orientalisierte (»Paschamanieren und die nichtswürdige Umgebung annahm —«) zeigte K. eine Schärfe und Bitterkeit, daß er jede Gunst völlig verlor. Er trat wohl auch mit den unzufriedenen Generalen in lose Verbindung, und verweigerte eines Tages offen die Proskynesis (».. wird immerhin einigen Beifall gefunden haben!«). Dann die bekannte Rede: erst mußte er bei der Hoftafel eine Eulogie auf Alexander hersagen, und dann machte sich der Monarch den dröhnenden Spaß (»war wohl mehr als das; war wohl auf K.'s Charakter berechnete Herausforderung« brummte Agathyrsus), von ihm auch eine Anklagerede zu verlangen. Kallisthenes, von irgend Etwas fortgerissen, tat das, und zwar mit solcher Wucht und Überzeugung, daß alle Umsitzenden erbleichten (Hipponax nickte mit flammenden Augen: »Ehrlich; aber auch das, was man unvorsichtig nennt. Der hatte Mut: auch ihm ein Denkmal: notier's Agathyrsus« — — weiß Gott, der notierte ernsthaft!) Auch Alexander schwieg eine Zeitlang verlegen; das hatte wohl selbst er nicht mehr erwartet: auf solchen Widerstand zu stoßen! Endlich sagte er mit gezwungenem Lächeln: »das war allerdings wohl mehr eine Probe vom Haß des Kallisthenes, als von seinem Talent.« (»Konnte sich wohl gar nicht vorstellen, daß man im Ernst Einiges gegen ihn haben könnte!«). Nun, er soll dann ein paar Offiziersanwärter für sich und seine Ansichten gewonnen haben; wieder dasselbe Spiel wie beim Philotas: Verrat, Verhaftung, Heeresurteil, Steinigung. Das heißt: Kallisthenes als Nicht-Mazedonier wurde in Ketten gelegt und in engster Haft mit in den Tropen herumgeschleppt, bis er buchstäblich vom Ungeziefer aufgefressen wurde (»So geht es Allön, die nicht an Gott und vor allem seinen Sohn glaubön!« sagte Agathyrsus im leiernden Schülerton).

Und Aristoteles?: »Ja, mit dem ist er seitdem zerfallen« gab ich zu, »wir durften die Namen nicht mehr vor ihm nennen, wenn er sie nicht selbst erwähnte.« (»Die Namen, Plural« sagte Hipponax: »also: Beide! Alexander auch!«). »Ja, auch« sagte ich ehrlich; atmete tief. »Aufstand der Intelligenz« murmelte Monika nachdenklich (dem Tarentiner nach).

Pirisabora: Große Stadt am linken Ufer. Aus dem Euphrat beginnen sich viele Kanäle zu ziehen, still fließende. Anlegen an einem schönen Gartengrundstück. Abend; Flieder blüht. Gebadet. (Kurz ihren schmalen mähnigen Bauch gesehen. Mein Herz.)

19. Thargelion: Agathyrsus stritt sich schon halblaut mit den Bootsleuten im Dunkeln; wollte durchaus über Borsippa: »wegen der berühmten geräucherten Fledermäuse – oh, ihr kennt das nur nicht!« schloß er, anklagend; »die Leinwandmanufakturen – ein neues Diploidion für Dich, Moni!« rief er beschwörend; zu mir: »– und die uralte Chaldäer-Universität – Götter, was haben die Manuskripte!« Aber Hipponax stimmte energisch für den kürzesten Weg; auch mich ergriff jene rätselhafte Unruhe des Reisenden, dicht vorm Ziel. Also.

Häuser, Vorstadthäuser: Ratten in den bleiernen Kanälen. Unter Brücken: Monika studierte rasch die letzten Moden: gelbe runde Mützen schienen schick zu sein, und wieder mal Ringe an den Zehen. Sie öffnete sogleich ein Kästchen, wusch die Füße sorgfältig, schnitt mit einem winzigen Bronzemesserchen die Nägel spitz (wobei sie rücksichtlos die Schenkel hob und drehte; so daß ich wütend wegsehen mußte); probierte eine Topas-Garnitur; hielt gelben Stoff (»gelb kann ich nicht tragen« sagte sie düster).

Soldaten exerzieren: auf einem großen Feld. Die Legion Baktriana (erklärte Hipponax) unter griechischen Ausbildern: große derbe Perserlümmel aus den Bergen, mit hoher Brust und breiten Stirnen; körperlich eine Auslese (»Alle schwören auf Iskander, wie sie ihn nennen«. Dröhnendes Marschlied: »..3..4..: Sarissen hoch, die Phalanx dicht geschlossen ...«) Andere Kähne um und hinter uns; Schwatzen und Gelächter entstand auf der Wasserscheibe.

Körper: danach sucht man Pferde und Ochsen aus; allenfalls noch Hunderassen (aber Plato n e n n t die ja Staatshunde!). Robuste Seelen. – Menschen sollte man doch nach dem beurteilen, was eben den Menschen vor den anderen Lebewesen auszeichnet: nach dem Geiste. –

»Ist das Heer nicht völlig verläßlich?« fragte ich Hipponax; der zuckte die Achseln: »Das fragen Sie wohl besser Ihren Onkel. – Die Griechen und Mazedonier halb; d. h. sie sind natürlich vollständig behämmert von seinem Ruhm, seiner Größe etc., aber sie wollen auch immer wieder gestreichelt und den Fremden vorgezogen sein, und meutern deshalb manchmal ein bißchen. Die gezwungenen Werbungen im Peloponnes haben doch auch sehr nachgelassen.« Er sah sich um, murmelte: »Man spricht allgemein davon, daß er sich der Mazedonier, die ihm zu oft gemeutert haben, ganz entledigen wolle. ‹Unzuverlässige und an Auflehnung gewöhnte Truppen› soll er sie neulich genannt haben – bei der letzten Revolte von Opis, damals ...« »Deswegen läßt er eben überall große Verbände, einheimische, von verläßlichen Vorgesetzten einüben ...« Ich fragte zerstreut: »Ist denn Antipater in Griechen-

land zuverlässig..?« Er biß sich in die Unterlippe und lachte so, lautlos.

Bab–ilu: die Großstadt. Mitten zwischen den Riesenhäusern legten wir an, im Frachthafen. (Gondeln der Reichen liegen leicht wie gebogene Mondsicheln, elfenbeinfarbig, mit zinnoberroten Ornamenten am Bug, Paddel von Seidenholz). Die Menschen wimmelten; wirrten mich (ich muß auch zu Aristodemos). Ich lief zu meinen Dreien, ich fragte Monika: »Wo kann ich Euch morgen treffen?« Sie zögerten Alle ein bißchen, aber endlich nickte Sie (ihres Einflusses auf mich sicher): »Kommen Sie gegen Abend zum Zimthändler Eumolpus; hinten am Birs Nimrud –«.

Oh, das Gefrage: (die Lichter brannten schon überall; Einer wies mich aus Höflichkeit sogar falsch). Erst nach zwei Stunden kam ich an ein riesiges Feld, eingehegt, ein unendliches Zeltlager darauf. Die Wache besah mich rasch, gab mir einen Soldaten mit (also raus finde ich mich bestimmt nicht allein!)

Im Zelt: eine Öllampe; ein mittelgroßer breitschultriger Mann; steht von einem Tisch auf.

»Lampon?!« – rief er erfreut. (Jetzt liest er den Brief).

Allein: (Lampe brennt noch, er ist eben draußen). Er sah mich an; freute sich über die Ähnlichkeit mit seinem Bruder. Wir aßen. Dann mußte ich mich schlafen legen (»Mit wem bist Du gereist?« fragte er noch; ich erzählte; er pfiff und nickte; erst zufrieden, dann nachdenklich. – Müde, müde. – Eumolpus.)

Komisch, so still zu liegen; nichts schwankt.

20. THARGELION: Soldatenfrühstück: Brot, Butter, Marmelade; etwas heißer schlechter Wein (aber mit Nel-

ken drin, gut!) Nachher ging Onkel Aristodemos hinaus zur Offiziersbesprechung; er hat kommende Nacht die Hauptwache im Palast. – Ich darf mitkommen. Ich fragte: »Ist Alexander nicht krank?« Er furchte langsam tief, wie erinnert, die braune Stirn: »Ja, sehr!« sagte er kurz; fragte nach Aristoteles: auch der war kränklich; kein Wunder in dem Alter. Ich mußte ihm von den letzten geographischen Ergebnissen berichten; am meisten interessierte ihn der Periplus des Pytheas von Massilia; er verlangte alle Einzelheiten, die ich noch etwa wußte (und das waren Viele; es ist ja auch äußerst wichtig) »Sieh an«, sagte er, »es ist dort oben also ständig hell – immer Tag und Sonnenschein, wie? Und doch fängt es an zu schneien, je weiter man nördlich kommt? Wie habt ihr das erklärt?« Ich legte ihm eine der neuen Hypothesen vor, und er nickte verständnisvoll: »Also die Sonne umläuft den ruhenden Erdball nicht ständig in der Äquatorialebene (was ja nebenbei schon lange bekannt ist!) sondern etwas oberhalb: daher das Licht. (Erklärt nebenbei dann auch gleich die rätselhafte Nachricht Herodots: ‹die Phönizier hätten bei ihrer Umschiffung Afrikas die Sonne zur Rechten gehabt›!) – Und da ihre Strahlen der Erdkrümmung wegen nur ganz flach auftreffen – etwa wie bei uns am Morgen, wo es ja auch noch hundekalt ist. – Hm. Das wäre dann die Begründung für die Kühle –«. Er dachte einen Augenblick nach, schob den Mund kritisch vor und nickte leise: »Ganz einleuchtend« sagte er dann abschließend, »wir kommen dadurch immer weiter in der Erkenntnis der Mechanik des Weltalls.« Er stand auf und reckte die Arme, fing sich aber gleich wieder in den

Hüften: »Tja! Demnach müßte aber — — im Süden ist dann also eine Kappe ständiger Nacht — oder doch tiefer Dämmerung!!« Ich nickte anerkennend. Und er schüttelte den Kopf: »Tolle Einrichtung« sagte er ablehnend; lachte: »Nun fehlt nur noch ein Mythologe, der uns den Hades dahin legt.« Er trat zum Zelteingang und sah hinaus: frischer windiger Morgen, hoch und hellblau. »Hier« sagte er, ohne sich nach mir umzusehen: »— da drüben ist Ptolemaios; — der Große; der General, ja. Neben ihm Eumenes von Kardia.« Sie traten herbei; er salutierte kurz und straff, aber sicher und gleichmütig (stellte mich Zivilisten vor); auch unterhielten sie sich lange mit ihm. Fragten auch wohl mich einmal nach Griechenland.

Er brachte mich zum Lagertor: »Es ist ganz einfach«, sagte er, »das Ding ist ganz regelrecht angelegt: 5 Hauptstraßen, 5 senkrecht dazu, macht 36 Blocks: die werden von links nach rechts fortlaufend gezählt: mein Zelt ist in Block 19; denn ich bin verantwortlich für 19 bis 24. — Wohin willst Du: Stadt ansehen oder was Besonderes? —«. »Beides« sagte ich kalt; er belehrte mich noch, wie ich am besten zum großen Marduktempel käme, den er mir zu besteigen empfahl: so gewänne man den besten Überblick über die Stadt. (Fast alle Soldaten grüßten ihn, und er dankte jedem; nur einmal hob er zuerst die Hände: »Amyntas ist der Linke, von den Pionieren. Der Rechte Zaleukos, der beste Mann der Karten- und Vermessungsabteilung. Dahinter Baiton der Bematist, und Diognetos — die ‹Stathmoi› kennst Du?« Ich sah nur noch die Rücken und die bunten Gewänder. »Zu Zaleukos können wir demnächst mal gehen —«, meinte er, »Wird ihn interessieren, die Thule-Sache. – Und für Dich sind solche Bekanntschaften auch immer nützlich: was willst Du eigentlich mal werden – ? – « aber er winkte selbst wieder ab: »dazu ist immer noch Zeit. Heut Nacht. – Aber sei kurz vor dem Dunkelwerden wieder hier; es ist immerhin ein Stück zu laufen. – Also: chaire!«)

Ungefähr ein Stadion ist er hoch: In acht Absätzen gebaut, und außen die Treppen herum. Zum Teil gut erhalten; von zwei Seiten sind sie schon wieder vollständig hoch; der Steinkern muß, bei einiger Sorgfalt für seine Erhaltung, doch eigentlich unverwüstlich sein.

Können immerhin 1000 Arbeiter sein. Ich gab dem Aufseher ein paar Drachmen, und er ließ mich hinaufsteigen.

Oben; Mittag: prachtvoller Anblick!

Die Stadt ist durch den Fluß in zwei Hälften geteilt; in der einen ich und der Turm (man beachte die Reihenfolge!), in der andern der königliche Palast.

Breite rechtwinklige Straßen; alle Wohnhäuser meist 3- und 4-stöckig. (und 5!). Im Südosten, dicht an den Kanälen, unser Zeltlager, aha. Ein paar weiße Wölkchen flossen vom fernen Meer heran (d. h. so fern ist es ja gar nicht); werde ihn mal nach einem Stadtplan fragen, es ist doch zu verwirrend (ja auch kein Wunder, bei Einwohnermillionen).

Etwas gegessen: (bin ungeduldig, weiß auch, warum.) Langsam wird es später. Staubig in diesen Großstädten; auf dem Fluß wars schöner!

Agathyrsus: War noch allein in dem alten Gewölbe. (Ganz braun in braun, mit klaren Spätlichtern und reinlichen Schatten. Scheint Geld zu haben, der Eu-

molpus. Zuerst tat er ganz albern.). »Schlechte Zeit für Uns! Schlechte Zeit!« rief er zerstreut; ganz leise: »Alles sucht schon Trauer raus!«. »Wir sind auf sowas gar nicht eingerichtet. Kostümmäßig.«
Ein Mann in extravaganter Kleidung ging vorbei, phantastisch, zum Turmbau: »Eben dieses ist besagter Deinokrates« sagte A., »der mit dem Athos, – ganz recht. Ausnahmsweise mal nicht mit Löwenhaut & Keule.«

Ganz allgemein: »Merkt denn das Volk so nichts vom Tyrannen?!« fragte ich. »Nein, nein,« antwortete er, »95 Prozent sind wahrhaft für ihn; geblendet vom Theater, besoffen vom Gedanken der Weltmacht; Jeder will einen der unzähligen Orden mehr, immer noch eins der Stüfchen höher befördert werden. Beim Soldaten muß man das doch besonders sehen! – Er hat doch wieder einen neuen Mannschaftsdienstgrad eingeführt: sechs oder sieben sind das allein schon; jeder mit besonderen Abzeichen und Vorrechten ... Na!«

»I wo!« sagte er, und schüttelte überzeugt den Kopf: »Die Vernünftigen? Die schweigen oder sterben. – Nein, nein: von außen kann keine Errettung kommen; denn es gibt ja keine auch nur annähernd gleichwertige Großmacht mehr, die ihn militärisch umlegen könnte.« »Also – – ?« fragte ich radikal. Er sah unbeteiligt in die Straße: »Vielleicht, wenn er mal stirbt ...« meinte er endlich gleichgültig: er war zu tief für mich, viel zu erfahren und überlegen. Gerissen.

Hipponax vor der Schenke: Und Monika; schmal und mähnig. Mein Herz. –

Sie wollen fort nach Alexandrien: Agathyrsus war gleich einverstanden, nachdem H. im Flüsterton das Warum entwickelt hatte. »Richtig« sagte er, »ausgezeichnet und logisch. – Hat gar keinen Zweck, daß wir hier bleiben. – – – Richtig!!«

Abschied: Sie wollen gleich packen, und gaben mir die Hand. Monika kam mit vor die Tür. (Daneben stand riesig, schon schwarz, der Turmfels).

Der Mond bog sich wie ein kranker verliebter Bleichmund unter Sternenaugen: Mein Herz stampfte an ihre dünne freche Hand: Du, du, du, du, du ...

(Gerannt): »Höchste Zeit« sagte Aristodemos knapp, »geh schon voraus.«

Die Wache: Tram, tram, tram: 250 Mann stark; Argyraspiden; Kammhelme mit dunkelroten Büschen (Oh, ich bin noch atemlos). Feierlicher Postenwechsel: das dauert über eine halbe Stunde; so recht zur Augenweide für die Gaffer, die sich auch jeden Tag reichlich hier einfinden. Führer schreiten gewichtig auf und ab; das langgezogene griechische Kommandowort.

Im Palast: Nebenan zwei große Säle für die Mannschaften (von denen immer 25 gleichzeitig aufziehen, alle Stunden). Hier bin ich mit Aristodemos allein.

Prachtvolle Räume mit geschliffener steinerner Wandbekleidung; Lampen überall.

Er kam; ging nach kurzem Überlegen; kam: »Seit gestern Abend ist er ohne Besinnung. Röchelt. Nur Philippos – der Arzt – bei ihm; und ein halbes Dutzend der Somatophylakes.« »Wird er sterben?« fragte ich beunruhigt; er sah mich durchdringend an; ich murmelte unverständlich hinzu: »... hoffentlich ...«.

»Wahrscheinlich –«, antwortete er; setzte sich derb. Wir plauderten.

Wieder hinaus: (er geht zu vorgeschriebenen unregelmäßigen Zeiten die Posten revidieren).

»Ja, der Indienfeldzug –«: er lehnte sich befriedigt zurück (ein Erzählender); »freilich« sagte er, »beim gemeinen Manne wurde durch allerlei Blendwerk geschickt der Anschein des Überkühnen, genial Unvorbereiteten, aufrecht erhalten. – In Wahrheit war natürlich Alles bis ins Kleine organisiert. Der indische König Taxiles hatte ja schon im Vorjahre eine große Gesandtschaft zu ihm nach Sogdiana geschickt, ihn eingeladen, Hilfe versprochen, vor allem Informatoren jeglicher Art mitgesandt, Ortskundige-Führer-Dolmetscher, über Straßenverhältnisse, Klima etc.; sogar Magazine hatte er für uns anlegen lassen. Das wird Dir mal Zaleukos erklären; die kartographischen Vorarbeiten, und so.«

Die Porusschlacht: »Man hat uns gesagt – d. h. was an Berichten durchkam – sie sei ein Meisterstück der Kriegskunst gewesen: eine der glänzendsten militärischen Leistungen aller Zeiten: der Flußübergang ‹im Angesichte des Feindes› . . .«?

Er lachte grausam, bis ihm die Tränen kamen: »Ja, ja, Lampon« sagte er, »denn wir hatten ja nur 120 000 erstklassig ausgerüstete und jahrelang erprobte sieggewohnte Kerntruppen. Und Porus hastig zusammengeraffte 35 000! Allerdings noch ein paar Dutzend Elefanten: No, das erledigten dann die Bogenschützen und Messerschläger. – Weißt Du, ich habe da so eigentlich mehr den alten Inderfürsten bewundert, der sich für sein Land zum Verzweiflungskampf stellte.«

Er winkte schon im Voraus mit der Hand ab: »Spar Dir (und mir) die heroischen Anekdoten; dafür wird Choirilos und seine Trabanten bezahlt (werden, heißt's wohl korrekt): gehaust hat er in Indien wie eine Bestie! – Ach Quatsch: Sicherung des Reiches nach Osten! Größenwahnsinn; nichts weiter.«
Und er erzählte von Massaga, der Hauptstadt des Assakanus: Alexander glaubte den Ort desto sicherer im ersten Anfall bezwingen zu können, da die Inder, welche einen Angriff gewagt hatten, sehr leicht zurückgetrieben worden waren; aber er bezahlte seinen Übermut durch eine Wunde am Fuß, und ein ganz paar Mann Verluste. Selbst die regelmäßige Belagerung brachte keinen Erfolg; auch nicht die Maschinen, der große Holzturm und so weiter. Endlich verlangte ein Teil der Besatzung freien Abzug, der natürlich sofort gewährt wurde, denn nun konnte man hoffen, die Stadt zu erobern. Die Söldnertruppe zog also ab, und lagerte sich dem Heere gegenüber –«, er beugte sich zu mir und sprach mir spöttisch ins Gesicht: »In der Nacht wurden sie auf Alexanders Befehl umzingelt, und nach der tapfersten Gegenwehr mit den Frauen ermordet. 10 000. – Die eigentliche Triebfeder für diese unglaubliche Niederträchtigkeit war lediglich seine Privatrache für die empfangene Wunde, und die Wut, daß man ihm überhaupt so lange zu widerstehen wagte! Das war die ‹neue Ordnung›, die er zu bringen hatte! In Sangala sah ich 17 000 erschlagen, und 70 000 in die Sklaverei getrieben. Eine Stadt der Brachmanen – der einheimischen geistigen Führerschicht – wurde besonders hart behandelt: weil sie von Freiheit und Abfall sprachen, und die Inder

gegen ihn ‹aufhetzten›, wie er sich ausdrückte . . .«

»Oh, das war eine Sache«, sagte er anerkennend: »ja, sie wollten nicht weiter mit! Ein paar Gerüchte waren ausgestreut worden: es ginge ‹nur noch› wenige Jahre vorwärts; lediglich 14 Könige, jeder mit so 250 000 Mann wären noch zu überwinden. Vor allem viele Generale, von den alten, machten nicht mehr mit. Er tobte, hielt Reden, schmeichelte ihrem Ehrgeiz, ihrer Geldgier, zürnte, entzog sich zwei Tage ihrem Anblick; ich habe ihn damals gesehen; (hatte auch Zeltwache): er saß da wie ein Dämon, trank, mit glühenden Augen, biß sich in die Finger: mir war todklar, daß irgend ein Unheil käme! Am dritten Tage trat er heraus; sprach wieder wohlwollend zum Heere, gewährte die Umkehr, aber er lachte mir zuviel dabei. — — Augenblick. —«

Er kam wieder herein, bewegte fröstelnd die Schulter: »Frisch draußen. —« haderte er. Gähnte unwillig: »Für jede durchwachte Nacht bloß 10 Drachmen: brauch ich in meinem ganzen Leben nicht mehr zu arbeiten — !« Gähnte tönend.

»Ja so. — Ja, an der Stelle des Lagers ließ er noch 12 ungeheure Altäre erbauen, und befahl, dabei extra gefertigte gigantische Gerätschaften zurück zu lassen, die nur zum Gebrauch eines Riesenvolkes dienen konnten: seiner Meinung nach als Denkmal der Bewunderung für die spätesten Nachkommen. Für uns war es ein Beweis mehr, wie es im Hirn eines solchen Menschen aussehen mußte.«

»Oh, sag das nicht!: Man kannte genau ihre Schrecken! Zweimal schon vor ihm war Ähnliches versucht worden; durch die Unternehmungen der Semiramis und

dann des Kyros, die Beide in denselben Wüsten ihre ganzen Heere verloren! Außerdem warnten ihn ständig alle Eingeborenen, die wir über die Gegend verhörten; ich war selbst ein paarmal dabei. Also, das ist keine Erklärung; auch nicht, daß er das Reich habe nach Süden sichern wollen: es wußte ja jedes Kind, daß dort unbewohnte und unbewohnbare Wüste, also auch keine militärische Gefahr für uns war. Nein, nein, nein, nein!«

Er beugte sich wieder näher, runzelte die Stirn: »Er war seit Jahren verrückt«, sagte er leise und ruhig, »nicht nur im bildlichen Sinne — auch wohl, ja — vor allem im moralischen. Wie eben jeder Großtyrann wird. Und so sage ich Dir: ich, Aristodemos des Sophron Sohn: er hatte in rasender dämonischer Wut den Entschluß gefaßt, sich des Heeres zu entledigen, welches ihn an der Beherrschung der Gesamtökumene verhindert hatte. — Paß auf!

Das Heer wurde sorgfältig in drei Teile sortiert: Nearchos mit der Flotte erhielt die Zuverlässigsten, d. h. die Phönizier, Ägypter, Inselgriechen (auch mußten die Seefahrer für spätere Landungsunternehmen geschont werden); Krateros mit den vielleicht noch brauchbaren Leuten zog im Norden ab. Er selbst, um die Vernichtung der Hauptmasse zu garantieren, und sich gottsöhnlich der Rache zu freuen, führte die Todgeweihten ins Sandmeer! Und wie wir gingen: Du machst Dir keinen Begriff davon, was an Beute geklaut worden war! Was einzelne Generale für wahnsinnige Satrapenmanieren angenommen hatten! ! Perdikkas und Krateros, die Sportler, ließen sich auch jetzt noch Sand und Matten auf Wagen nachführen, genug um acht Stadien im Quadrat damit bedecken zu können!!«

Tritte draußen: Eine große Gestalt; fast fett, majestätisch, ganz goldbetreßt. Knappe Meldung: er legte A. begütigend die Hand auf die Schulter; meine Gegenwart wurde erklärt. »Oh, schlecht, schlecht« sagte er sorgenvoll (Alexander meinte er); ging wogend ab.

»Leonnatos« sagte er kurz: »das war auch so einer: Der und Meleagros: ständig hatten sie Stellnetze bei sich, daß man einen Raum von fünf Wegstunden zur Jagd damit umstellen konnte. Mußt Dir mal vorstellen: fünf Stunden! —« Er lachte trocken: »Einmal wurde er zurückgelassen, um Lebensmittel für die Flotte zu requirieren. Traf ein Fischernest von sieben Hütten, nannte es auf der Stelle ‹Alexandreia›, befahl durch den Dolmetscher den 40 Insassen, sich künftig so zu bezeichnen! — Spaß gabs schon manchmal; ist aber typisch für die ganze Richtung.«

Die große Wüste: »Durst. Häufig traf man Myrrhenbäume von schönerem Wuchse, mit reichlicheren Ausschwitzungen ihres kostbaren Harzes versehen, als irgendwo. Durst. Eine dornige zähe Ranke erregte Aufmerksamkeit — wird Dich interessieren —: unzerreißbar, selbst für mehrere Männer, aber ganz leicht zu zerschneiden, mit dem elendesten 2-Drachmen-Messer. Durst. Hier und da duftende Stauden; Wohlgeruch ging nächtens über den Sand, unsichtbar auch ungehört.« (Gewand aus Zimtduft; Schuhe aus Nelkenbaumholz fiel mir ein: für Monika).

»Ja,« sagte er: »Durst. Der Marsch ging durchschnittlich 500 Stadien von der Küste, erreichte sie aber oft. Einmal füllte sich eine leere Felsschlucht mit donnerndem Wasser, strudelte schäumte eine Stunde lang, war wieder leer: tolles Land. – Bald kam der Durst wieder.«

Die Ichthyophagen: Ihre Körper waren zottig, die Nägel unbeschnitten, so daß sie mit ihnen Fische fangen und spießen konnten. Zur Kleidung diente ihnen wohl die Haut eines großen Fisches; meist waren sie nakkend, Mann und Weib; die Vermischung wie bei den Tieren des Waldes, jedes Weib für jeden Mann gemeinschaftlich. Einzelne Haufen lebten in Buchten, deren Rücken und Seiten durch senkrechte Felswände unzugänglich waren: Die Vorderseite schloß das offene Meer. Beim Werden der Dinge muß die Natur sie als Erdentsprossene an dieser Stelle haben entstehen lassen. Geheimnisvoll. – Hier saßen sie, ohne irgend ein Werkzeug zu ihrer Selbsterhaltung oder Bequemlichkeit zu haben, und warteten kummerlos auf das Geschenk der Natur, mit der einzigen Anstrengung, daß sie vor die engen Eingänge der Vertiefungen an der Küste Steinreihen legten. Die täglich zweimal erscheinende Flut füllte die Becken, und ließ beim Abflusse durch die Steine Fische und Seegetier stummer Art zurück. Nun eilte der freudige Haufe zur Beute; warf die kleineren Fische zur Seite auf eine Felsplatte in die Sonne; gegen die großen kämpften sie mit Steinen und schweren Fischknochen. Nach einiger Zeit wurden die halbgaren Fische auf den Steinen umgewandt, endlich beim Schwanze genommen und geschüttelt; das mürbe Fleisch fiel ab, wurde auf dem glatten Gestein mit den zerstoßenen Muscheln, Quallen, zu einem Teig durchgeknetet, und gemeinschaftlich, ohne alle Teilung verzehrt: jeder holte sich von der Masse, so viel er zu essen imstande war. Vier Tage währte gewöhnlich die Schmauserei; erst am fünften kam ihnen das Bedürfnis zu trinken. Mühsam in Gemeinschaft klomm der ganze Haufe in den Klüften und suchte nach Vertiefungen im Gestein, wo etwa ein Niederschlag sich finden mochte. Auf alle Viere hingestreckt schlürfte nun jedermann, so viel der Körper zu fassen vermochte. Schwerfällig machte sich die Horde auf den Rückweg, verdünstete, einen Tag lang liegend, die übermäßige Wassermasse: dann begann abermals der Fischschmaus; und so verging ihnen die Lebenszeit ohne irgend ein weiteres Geschäft, ohne Sorge und Teilnahme für alle menschlichen Angelegenheiten.

Er machte eine Handbewegung, hob die Brauen: »Frag nicht, wie wir marschierten! Nur bei Nacht noch, nebenbei. Die aufgefangenen Wegweiser wußten natürlich auch keine Straße mehr.« Er fuhr mit der Faust ums Gesicht, gähnte wieder (brutal offen, nebenbei; dachte gar nicht daran die Hand vorzuhalten!) »Etwa ein Viertel des Heeres war jedenfalls am Ende noch übrig. – Und nun wurde gesoffen: die Tausende torkelten buchstäblich die Landstraße entlang! Alexander selbst fuhr auf einem goldenen Wagen als Dionysos-Gott; auf den lustvoll lächelnden Hephaistion gestützt. —— Wer das gesehen hat, mein Lieber, dem langt es. Und was vorher und nachher war.«

Geht gegen Morgen: Seine Feldherrngröße. Er rümpfte die Nase: »Na, na! Unerhörtes Glück hat er gehabt, und unfähige Gegner. Einer z. B., der ihn durchaus hätte stoppen können – Memnon von Rhodos – starb unvermutet, und wurde außerdem noch als Ausländer stets durch das mißtrauische Perserkabinett gehemmt. Antipater und Parmenion konnten dasselbe.« Er hielt mir die Hand wie zur Wette hin: »Stell einen fähigen Mann – meinetwegen Eumenes von Kardia – an die Spitze guter, meinethalben nur asiatischer Truppen, und Du wirst auch mal Mazedonier laufen sehen. Dann entscheidet nur noch der Zufall.« Er wurde nachdenklich; er fragte leiser: »Antipater hat, wie ich hörte, schon mit den Ätoliern abgeschlossen? Hm! Sicher ist sicher. Wird das ein Gewürge geben; generationenlang.« Er sann; blies Verachtung: »Die meisten sind nur Wölfe, die sich Throne erräubern wollen; Recht hat Keiner – oder auch nur eine Art von Ideal.«

Jemand rief herein: »Wache!« Er schwang den Kammhelm auf, ging rasch hinaus. Wieder kam er mit Augengefunkel: »Es geht zu Ende!« sagte er hastig. »Gleich.« Ich richtete mich am Tische auf: »Ist es ganz sicher?« flüsterte ich flehend halbunsinnig, »– bestimmt keine Rettung – ! !« Er strich ihn mit der Hand: »Nichts da! Aristoteles hat meisterhaft dosiert.« Er lachte kurz, daß ich ihn so anglotzte: »Wußtest Du das nicht? Kommst doch von ihm: – ein alter Fuchs!! – Er hat das vergiftete Wasser an Antipater gegeben, der an seinen Sohn Kassandros, und der hat ihm vor genau acht Tagen den Becher hineinpraktiziert. War genau berechnet. Er stirbt unter Fiebererscheinungen; durch immer tiefere Ohnmachten unterbrochen.«

Schritte; Viele Schritte. Viele: Geräusch in den inneren Gemächern. Die Marschälle kommen heraus: sechs, acht, zwölf: »Alexander ist tot!!« (Entfernen sich armschwenkend, zankend: schon! Und ich war gekommen, einen Heroen zu sehen!).

Einer (Offizier) löste uns ab: Aristodemos reckte sich; übergab die Geschäfte. Sprachen von Postenstärke. Sie murmelten. Ernst; wie es Männern geziemt. Wollen ein Frühbad zur Erfrischung nehmen.

Ich trat ans Kanalufer: gelb und morgengrün floß das Wasser. Die Sonne quoll rostig aus dem bißchen Schilf. Ich sah gedankenlos hinüber, fröstelnd. Leer war ich; schmal und sinnlos. Aristodemos trocknete sich breit ab. (Schamlos, dieses Soldatenvolk!). Er blies Wasser aus der krausen Nase. Nieste; : »Prost, Onkel!«. »Jaja.«

ENTHYMESIS

oder W. I. E. H.

3. Tag

Wir haben heut alle mehr Schritte gebraucht; der Wind kam zu heftig und kalt. Außerdem wurde gegen Mittag der Sand tiefer, und ich ließ deshalb ein paarmal von Mabsut das Stadion vor uns auslegen (so brauchten wir keine schädliche Unterbrechung vorzunehmen): natürlich hat sich der Schritt noch mehr verkürzt; ich verglich vorhin mit Aemilianus, auch er hat nach allen Reduktionen weniger als sonst. Deinokrates erhielt beim Abschluß fast dieselbe Zahl wie ich, das sind 196,34 Stadien, wir einigten uns alle 3 nach der Geländediskussion auf 195,82 ± 0,41. Im Ganzen haben wir also jetzt 623,13 ± 1,04. – Wenn ich mir überlege, wieviel Fehlerquellen in unserem Verfahren verborgen liegen – ach, ihr Götter! Halten wir auch genau die Nord-Süd-Richtung ein? Schätzen wir bei welligem Gelände den Abzug für die Luftlinie richtig? Und unsere Schrittlänge? Verzählen wir uns auch nicht? Wind? Sand? Und schon am zweiten Tag mußten wir einen Umweg von nahezu einer halben Stunde machen, weil eine lange Felsrippe, zu steil zu überklimmen, unseren Pfad kreuzte (Pfad – dabei gehen wir wie Wolken im Blau: vor uns kein Weg; hinten verwischt ein Windstoß die Spur. – Ich hätte besser ›Richtung‹ sagen sollen; man ist immer noch zu faul, korrekt zu denken. ›Man‹ und ›immer noch‹ d. h. ›ich‹ und ›schon‹) –

Spät abends. Kalt. Große blakende Sterne (listig wie Augen; gähnen, blinzeln. Die ganze Nacht). Mabsut kam um das stoßweise qualmende Feuer und massierte mir selbst die Beine. Ich bin der einzige, der sich mit ihm unterhalten kann, und so erscheint er manchmal, tut flüsternd, soweit es seine Würde als Karawanenführer zuläßt, einen oder auch zwei Aussprüche, und sinkt dann, langsam die weiten Gewänder raffend, wieder zurück. Heute schwieg er. Gut.

4. Tag

24 998 – 24 999 – 25 000! – Man ist jedesmal froh, wenn es wieder soweit ist. (Nebenbei Ergebnis: 827,14 ± 1,85.)

Heute früh haben wir die letzte Wolke gesehen; in den Falten eines hellbraunen nahen Bergknäuls zur Rechten stieg eine schlanke lockige Nebelsäule auf, dehnte morgenselig in den kühlen Schatten silberbreite Riesenschultern, reckte sich über den harten Gipfel mit goldenem Wildlingshaupt – ach, und frischer blauer Frühwind zog an uns, die Kleider bogen sich in raschen kurzen Schwüngen um alle. Und der Hund Aemilianus stand wie aus Marmor kalt und sicher und wartete höflich und verächtlich, bis ich begann, schweigend nach Süden zu schreiten. – Ich zweifle keinen Augenblick daran, daß der Alte ihn mir mit vollster Absicht zuteilte; er hätte auch bestimmt viel lieber ihn zum Führer gemacht, aber das wagte er doch nicht, weil es einen Skandal in der ganzen Schule gegeben hätte. Ich habe ihm zu oft vor allen bewiesen, was für ein – ja, flacher Kopf er ist (ein Wundergedächtnis und größte Systematisierungsfähigkeit machen noch nicht den vollkommenen Genius!); und es ist interessant, wie selbst er, der geistige Tyrann in Alexandrien, sich doch nicht traute, mich als einfachen Bematisten hinauszuschicken. Aber los sein mußte er mich, weil er meine öffentliche Kritik nicht länger ertrug, und da er mich für einen ›bei allem Scharfsinn zu phantastischen Kopf‹ hält (das hat er wörtlich zu Philippos von Syrakus gesagt!), war ja noch die Wüste da und der Sirius als ehrenvoller Auftrag. (Wie hat er beim Abschied gehöhnt: endlich werden wir einmal gesicherte Maße für den Erd-›Ball‹ erfahren — obwohl er weiß, daß ich die Ge als Scheibe ansehe —) Nun, schon zu viel davon. — Und dann dem ›warmen Kopf‹ rasch noch den Aemilianus beigegeben — oh, Eratosthenes ist klug! Und Philopator bezahlt alles!

Ich ging in den bunten Kreis der Nasamoner am zweiten Feuer, wo der kleine runzlige Tarfan in seinem rauhen Dialekt wieder ein Märchen erzählte; er wiegte sich, und sprang auf, und hob keuchend die Last unsichtbarer Goldgefäße, aus deren schimmerndem Flaschenmund klappernde Edelsteine stürzten; er strählte mit den mageren Krallen risch den Bart, und blähte sich giftig, daß der Kreis erregt raunte — schade, ich hörte nur das Ende noch; man warf neues Gestrüpp in die breite wogende Flamme, und ich konnte mit Mabsut wieder den Weg besprechen: in 1 oder 2 Tagen werden auch die letzten Büsche verschwinden.

5. Tag

Als ich ein Kind war, erschienen mir alle Erwachsenen verehrungswürdig, Eltern und Lehrer preislich wie Götter. Wenn ich nunmehr zurückdenke, sehe ich nur den Kleinen ernsthaft am Feuer sitzen und mit einem Holzschiffchen spielen. — Deinokrates erzählte in seiner hübschen lustigen Weise von Jugenderinnerungen (er ist ja noch so jung, kaum 17); sein Vater ist Standortältester in Kelainai, und die glatte unendliche Königsstraße hat

sich wundersam in alle Träume und Spiele des Knaben geschlungen; fast schwarz im Mondschein, wenn die unermüdlichen Boten des Angareion darüberflogen. Viele Erinnerungen noch an die Großkönige; Inschriften, Denkmäler, Hallen. (Aemilianus machte sich manche Notizen und fragte nach der Befestigung der Stadt, der Stärke der Garnison usw. – Was das für ein kaltes Reptil ist! Dabei ausdauernd und muskulös; er ist ebenso groß wie ich, aber sein Schritt ist bedeutend kürzer, eben ein rechter, dem uniformierten Gleichmaß angepaßter, Soldatenschritt). –
Mond floß mir durchs nickende Gegitter des duftenden Salbeibusches ins Schlafgesicht: stürzte ich nicht in gebauschten Seidengewändern durch wimmelndes Traumvolk? – Einmal stand ich vorm Haus meiner Kindheit in Pantikapaeon; auf die roten Ziegel am gewölbten Eingang waren Worte gekritzelt, eins davon ›Psillos‹. So hieß ein Halbbarbar, mit dem ich einmal ein paar Tage am Istros auf Posten stand: was wollte sein Name an dem alten Haus? – Die Philosophen begehen zwei Kardinalirrtümer; sie fassen das Wesen der Zeit und des Ichs viel zu einfach (Ausnahme: Dacqué?). Die Zeit ist zumindest eine Fläche, keine Linie; am Tage ist der Geist wie ein Schiffer auf einem Fluß, und der Nachen treibt; im Traum, zur Nacht, kann er aussteigen und über die Fläche des Zeitenstromes dahinschweifen – das Bild ist nicht schlecht (Zukunftsschau; freier Wille usw.); nun – noch viel zu forschen.

6. Tag

(1206,18 ± 2,75) Nur gut, daß wir uns an Datteln und Wasser und das dürre Brot schon vorher monatelang haben gewöhnen müssen; und in sich ständig steigernden

Märschen an den Wüstenboden. – Wir erzielten heut weniger Weges; denn wir mußten rechtwinklig (nach links) zum Brunnen abbiegen. Ich habe für morgen und übermorgen Rast angeordnet; wir haben alle Schläuche zu füllen; die Kamele müssen sich sattessen und ausruhen. (Das Wasser ist süß, aber es macht die Zähne stumpf, finde ich.) Um den Brunnen wohnen nur 2 Familien Nasamoner (obwohl ihre Mundart schon erheblich abweicht; z. B. Mabsut sagt ›Ogron‹ für Sonne; die hier ›Ugrnja‹). Schmutziges und schweigsames Volk; sie verkauften uns für hellrotes Tuch ein paar Säcke mit Datteln. Die Kleinen spielten mit Eidechsen oder quälten große tastende Käfer.

Kinder sehen noch schlank und am menschlichsten aus. Aber wenn sie erst einmal über 14–15 sind, dann fangen in ihren Leibern die entsetzlichen Drüsen an zu arbeiten; sie behaaren und bebarten sich, ihr Äußeres wird tierischer, und der Rest ihres Daseins bis ins hohe Alter ist nur noch ein unaufhörliches zähnefletschendes Brunstrasen. –

Ich muß auch noch einen anderen Zählapparat ersinnen; Deinokrates nimmt jeden Morgen gottergeben seine Kette und läßt den ganzen Tag die verschieden geformten Perlen durch die Finger laufen. Aemilianus macht täglich 2500 Punkte (bei jedem zehnten Doppelschritt einen) auf seine Wachstafel. Ich habe bisher mein Zahnradsystem mit dem Daumen betrieben, und ich glaube, es ist immer noch das Beste von den dreien; aber es müßte noch einfacher gehen, wenn man z. B. die ja bei jedem Schritt zwangsweise erfolgende Beugung des Knies verwerten könnte! Nur wie diese auf ein automatisches Zählwerk übertragen?! –

Der Abend verglomm schön und grün. Friedlich. Die frühen Feuer. Einer der Bewohner erzählte, daß von den kupfernen Berghauben im Westen eine hohl sei, ein scharfgeränderter Abgrund mit hohen alten Bäumen darin. Eine Wegstunde von hier. Werde morgen mittag hingehen und ihn als Führer mitnehmen; außerdem einen von unseren Leuten (Tarfan, der Hakawati, will auch noch mit; meinetwegen!). – Das ganze Land hier unten im Süden ist ja noch so gut wie unbekannt; außer ein paar gelegentlichen Vorstößen in die Wüste, von denen aber kaum Berichte vorliegen, weiß man nichts davon (»... denn da kommen als Scheidewand hohe Berge, auf denen sollen Leute mit Ziegenfüßen wohnen, und über denen welche, die schliefen 6 Monde lang, und kein Mensch weiß, wie es dort aussieht ...« Wie habe ich als Knabe mit bebendem Herzen solche Stellen im Herodot gelesen; und vom Sataspes).

7. Tag

Am Kraterrand (glühender Mittag): ich sitze schon seit einer Stunde hier oben.

Wir brachen früh auf und gingen etwa 35,7 Stadien weit (ich kann das verfluchte Zählen kaum noch lassen!); dann befanden wir uns schon mitten in der ödesten Bergwildnis. Der Führer deutete auf eine etwa 1 Stadion hohe rötliche Steilwand und wisperte schüchtern: »Da soll es sein ...« (Er selbst war also noch nicht darin gewesen.) Da sich die Stelle als unersteiglich erwies, umkletterten wir spähend fast zwei Stunden lang den ganzen tief gespalteten Mantel des Bergstumpfes, aber überall schrofften die Wände unzugänglich, zuweilen gar überhängend, bis wir endlich wieder an der Ausgangsstelle angelangt waren (das Ganze ist von einem Gewirr größerer und kleinerer Hügel und rötlicher Felsen umgeben, die sich nach Westen und Süden manche Wegstunde weit hinstrecken mögen). Tarfan und ich begannen dann in einer mannstiefen schmalen Rinne den Anstieg und brauchten nahezu eine Stunde für die kurze Strecke; wir schritten über einen 2 oder 3 Stadien breiten unebenen rissigen Steinring und blickten dann völlig unerwartet tief tief hinab in ein fast kreisrundes weites Tal. Mächtige allgrüne Baumwipfel standen unbeweglich in der sengenden Mittagshitze unter unseren Füßen, ein glühender Teich blaute weit drüben in den duftenden dünstenden Wiesen; ich zitterte vor Erregung! –

Also (ruhig beschreiben!): Es wird etwa 12–15 Stadien im Durchmesser haben; die Wände senken sich sehr steil nach innen, und die eigentliche Talsohle mag in der gleichen Ebene (vielleicht etwas tiefer?) wie draußen die Wüste liegen. Wir sind ein Stück auf dem alten Kraterrand (denn es ist ja bestimmt ein Vulkan gewesen; die Innenwände sind zum Teil noch mit glasigen Lavastreifen bezogen!) entlang geklettert, um Nadelgefels und Blockwerk herum, und ich habe im Großen alles überblicken können. Eine ganze Familie glatter Teiche, durch schimmernde gewundene Kanäle verbunden, liegt drüben in der südlichen Hälfte. Myrrhenbüsche stehen im stillwuchernden heißen Wiesenmeer; nie sah ich solch mächtige uralte Bäume. Ich muß leise ein Stück hinunter. (Oh, ich weiß: es ist windgeschützt, und das Regenwasser kann durch die Lava nicht absickern; die Pflanzensamen wurden wahrscheinlich durch Vogelkot eingetragen – man kann ja alles erklären! – Aber – ach, kein ›aber‹; wer Narr sein *will*, versteht mich doch nicht!)

Tarfan sitzt reglos an einem Felsblock und ist irgendwohin in sich versunken. – Hinab! –
Ganz weich ist der Boden; nur ich bin zu schwer; die Luft ist wie Glas. Zu starker Kräuterduft; er füllt mir den Flüstermund wie unsichtbares Getränke. Lautlos brennt im Moos die grüne Feder Farn. Und ich will mich den Teichen nahen, unter dem runden Himmel. Kein Fisch schnalzt mich an; keine Blume bläht die grelle Farbenschale. Nur tiefes und helles Grün, und nahe und ferne rötliche Felsenmauern, gluthoch und wildverzahnt. Ich bin auf ganzen Sohlen zurückgetappt: es ist so heiß und starr und wuchert in schlafhafter Grüne. Manche Schlankbäume haben ein enganliegendes Schuppenkleid, rhombisch und sandelbraun; ich gleite lautlos und langsam durch ihre Fiederschatten. –

Oben

Tarfan, als ich ihn aufrütteln wollte, hob zerstreut abwehrend den Arm und wies murmelnd nach einer der goldenen Lichtungen: da sah auch ich es ganz deutlich: es bewegte sich. Ich kauerte mich zu ihm nieder, ich fragte: »Was ist das?« er antwortete mittagsleise: »Aegipane –«

1 Stunde später

So schrill und rauh pfiff es unten, daß wir nach den Seiten fuhren; die Blattkuppel der Baumsäule unter uns öffnete sich sparsam und ein blätterschuppiges Maskengesicht tauchte aus der Pflanzentiefe, grasfeines Grünhaar als Wallemähne; halboffen schmal ein Starrmund – es riß mich an den Rand des Felsens, ich wollte mehr wissen: da plappert es erschreckt und hölzern, zu raschelt das Laubfenster. Tarfan zeigt wie abwesend in die fernen Wiesen; da springt und federt es noch immer,

Gestalten wie aus Goldluft und Smaragd gemischt. –

Im Lager, Abend

Geschwiegen über die Ae.; nur Belangloses von dem Bergland erzählt. (Aemilianus hatte schon wieder die Schreibtafel bereit.) Um die beiden abzulenken, habe ich ihnen folgendes zu überdenken gegeben: Eratosthenes sagt, die Erde sei eine in 24 Stunden einmal rotierende Kugel von beiläufig 70 000 Stadien Durchmesser; mit welch phantastischer Geschwindigkeit bewegen wir uns dann hier in jedem Nu? Müßte nicht diese Riesengeschwindigkeit eine so große Fliehkraft entwickeln, daß die Erde im Äquator zwangsläufig gedehnt würde? Sie könnte also keine Kugel mehr sein. Außerdem ist geometrisch die Kugelform nur ein äußerst seltener Grenzfall unter den unzählig vielen Rotationsellipsoiden, so daß (wenn schon die Erde eine in sich zurückgekrümmte Fläche sein sollte, – was ich bestreite!) nur ein solches in Frage kommt. – Deinokrates war gespannt und interessiert wie ein junger Jagdhund; Aemilianus stand kühl an eine Dattelpalme gelehnt (notiert zwar hatte er alles!) und fragte: »Und was Praktisches folgt daraus?« (Wenn ich Eratosthenes wäre, oder wenn Eratosthenes ein bedeutender Mann wäre – Haha: *ist* das nicht eine prächtige Formulierung!! – würde ich einen Menschen, der so fragen kann, nie als Schüler annehmen! Praktisch! Der Bube! Nun, ich will ihn bedienen!) – Ich sagte leicht höhnisch (er sollte es merken, und nahm es auch kalt zur Kenntnis): »Hat man das in Rom noch nicht entwickelt? – Du erinnerst Dich wohl, wie ich mit Eratosthenes sprach, daß, wenn die Erde ein Ball sei, wir z. B. mit der Formel $H = a \cdot tg$ alpha die Höhe eines Berges stets zu klein messen würden, weil ja sein Fuß immer tiefer steht als wir selbst.« Er nickte mit hochgezogenen Augenbrauen (vermutlich dachte er auch daran, wie E. damals völlig verdutzt geschwiegen hatte – der große E.!). Wenn nun aber die Erdoberfläche keine gleichmäßige Krümmung hat, d. h. wenn die Größe dieses ›Tieferstehens‹ sich, wenn auch mathematisch durchaus erfaßbar, änderte, je nach dem Ort, wo ich mich befinde, ja, auch dann noch mit der Richtung wechselnd, in die ich schaue, und der Entfernung des beobachteten Punktes – Deinokrates legte verwirrt eine Hand an die Stirn – ich zeichnete ihnen eine Ellipse in den Sand, und machte ihnen das Problem klar. Nun sitzen sie mit gepreßten Lippen und grübeln. (Auch der praktische Emil – ich verwette meinen Kopf, daß Rom ihn als Spion zu uns geschickt hat; zum ›Nutzen des Staates‹ viel ›praktische‹ Kenntnisse zu sammeln; für Vermessungszwecke, damit man möglichst rasch Marschstraßen abstecken und militärische Karten zeichnen lernt. Selbst sind sie zu beschränkt – eben ›national‹ – mich packt der Ekel; ausrotten müßte man diese kalten Machtschufte. Pfui.)

8. Tag

(bevor die Sonne aufsteht) Ich habe mir im Schutz der Decken das Säckchen mit meinen Privatsachen herangezogen, und von dem glashellen scharfen Branntwein geschluckt. Schön, so am Morgen zu trinken; es wirkt fast unmittelbar, gleich nach 2, 3 Minuten; und man braucht ganz wenig. Und ist eine Stunde lang wach wie ein Gott! – Da: schon kommt's! Nun sehe ich jedem Menschen nur ins platte Gesicht, und errate sogleich: Du bist ein Schuft! Und Du ein Schwein! Und Du ein Narr! Aemilianus ist dies alles: Deino wird es. Nur Tarfan, der Bunte, ist anders; aber er ist nicht scharfsinnig genug – doch schon zu viel von ihnen, ich will die Stunde nicht vergeuden.

Die zehnstellige streicheln; ich liebe sie wie die Einsamkeit; und warum? Pah – herhören (Wer soll herhören – Was?!): mit 6 beginnen unendlich viele Zahlen, mit 62 schon weniger, mit 62457 nur noch einige, mit 6245763016 keine mehr, die ihr Pöbel kennt; und dahinter tauchen aus unendlichen Zahlentiefen mehr auf, mehr auf, mehr, kommt – ach Ihr! Und deswegen die Hand hoch zu alpha Lyrae – hoho, wer errät's? –

Ich habe früher einmal zu Eratosthenes geäußert: Das Kennzeichnen des Geistes ist, daß er die Unendlichkeit will; nun sei die Scheibe unendlicher als die Kugel, also müsse die Erde eine Scheibe sein. Und fügte ungeduldig hinzu, ob er nicht mitfühle, wie fürchterlich es wäre, wenn man eine Kugeloberfläche einmal fertig entdeckt hätte? Er nickte gleichmütig und erwiderte lächelnd: »Damit hat's noch gute Weile.« Na schön. Dann wünsche ich gute Weile. (Natürlich kann einer weder ein guter Staatsbürger noch auch persönlich glücklich werden, der sich Gedanken über das Treiben der Menschen – und Lebewesen – vor und nach tausend Jahren macht. Oder über die Psyche und Mneme der Pflanzen.) Dies Wichtigste aber verschwieg ich: wo soll man denn hinfliehen, wenn die Erde eine Kugel ist? Daß man endlich einmal in kein Menschengesicht mehr entsetzt starren muß (und wirf auch jeden Spiegel weg, und schließe beim Trinken die Augen!). Könnten sich dann nicht von allen runden Seiten die geschäftigen Haufen händereibend näher drängen; und flüchtete man bis zum Pol, sie würden auch diese letzte Wölbung erwimmeln mit ihren zischenden geilen Gesichtsscheiben und mit metallschmutzigen

Höhnefingern auf den Einzelnen weisen, der angewiderten Mundes die Gewänder um sich rafft! – Nein, nein, ich will, daß sie eine Scheibe und so unendlich sei: nun folgt doch, ihr gaffendes Pack, wenn ihr könnt! Überwindet ihr auch noch den ersten gehügelten Forst und das erste Meer, so zaudert ihr schon beim zweiten und dritten – aber das zehnte?! – Aber das hundertste?!! – Und ich klimme lachend im ödesten Gestein und durchziehe unermüdet die Wüste (und möge Wind hinter mir sein, der alle Spuren verweht; und einen falben Mantel will ich tragen, daß mich niemand im Sandmeer erspähe) – nur Helios über mir im sprühgoldnen Schiff; und zuweilen mögen Dämonen kommen. Schon winkt ein neues silberschäumiges Meer, Inseln am Horizont. – Blutbruder Gras, ich liebe Dich / Dein Wasserglanz stürzt über mich / wie eine Schale Tau. / Ich hebe meine Hände her / und streichle Dich so süß und schwer / und mehr und immer, immer mehr / wie die geliebte Frau. / Die Himmelschale blau / vergießt ihr schmetternd goldnes Licht / über mein sinkendes Gesicht; / ich wehre nicht und streite nicht / der Wind, der weiße Wolken flicht, / kommt herrisch und geht lau. / Die Wolke steht und sieht mich an; / der Bach läuft blau und blank heran / auf seinen Silberfüßen, / der Mittag geht, die Dämmrung geht, / der Abend voller Feuer steht / und weiße Sterne sprießen. / Ich singe unbestürzt und laut /an Wasser, das aus Teichen blaut / Windsbraut ist meine wilde Braut: / Einst hatt' ich eine andre. – / Die schwatzt und lacht nicht halb so schön, / wie Räder, die in Bächen gehn, / in weißen, weißen Wässern gehn, / indes ich rufend wandre. / – Weh mir! Das Schwein Aemilianus kriecht aus den Decken! –

9. Tag

(1407,34 ± 3,18, d. h. über 200 Stadien; nun, wir waren ausgeruht, obwohl's am Ende nur noch Sand und Fels war.)

Abends viele Worte gemacht gegen die Darstellung des unbekleideten Körpers in der Kunst. Es ist ja geradezu wie ein Fluch, daß unsere Bildhauer und Maler (in wohlberechnender Spekulation auf die Lüsternheit des Publikums) nur noch nackte Weiber zurechtschmieren und -hacken. Und ihren Produkten dann Namen geben wie ›Mittag‹ (wenn sie besonders fett und schläfrig geraten ist), oder ›Schwermut‹, oder sie machen eine ›Kniende‹ und ›Sinnende‹, gerade als wenn man diese Tätigkeiten nur noch im unbekleideten Zustande auszuüben vermöchte. Emil hob kühl verwundert die Augenbrauen und meinte abweisend, aber es sei doch durchaus ›natürlich‹ (*Das* ist ein Hohlkopf! – Ich sprach auch nur noch zu dem leicht erröteten Deino); vor 120 Jahren malte F. seine ›junge Frau in der Morgensonne‹ (wir haben es oft genug in der Galerie in Alexandrien gesehen; und sie wendet dem Beschauer den Rücken und trägt ein langes hochgeschlossenes Kleid und sie breitet ganz leicht die schmalen Hände aus den breiten Ärmeln); also *das* Thema einem Modernen gegeben! Und ›Natürlich‹ – unter dieser Schutzmarke werden seit Menschengedenken die tollsten Unflätigkeiten begangen; sie zerren grinsend das Quermaul breit: »ist doch alles menschlich! –« Und stoßen sich wiehernd mit den Ellenbogen an! – Die Natur zeigt uns nicht vollkommen Schönes noch Weises noch Gutes; aber der Geist – um das Gespräch abzubrechen, fragte ich scherzend Mabsut, der sich eben am Feuer zu schaffen machte, nach seiner Meinung; als er verstanden hatte, spreizte er nur ausdrucksvoll abwehrende Hände und schritt rückwärts in die Nacht. Das ist noch unverdorbenes Empfinden. – Es bleibt immer interessant genug, wie sich da im wilden Westen, in Rom wieder einmal so ein Wolfsstaat (wie damals Sparta) brutal groß frißt. Platon, der kalte Narr, müßte seine helle Freude daran haben (was an Platon groß sein soll, habe ich nie verstehen können; gewiß, er schreibt manchmal elegant, aber seine Bücher sind auch oft voll seitenlanger stilistischer und philosophischer Plattheiten, wie man sie kaum einem Schulbuben verzeihen würde. Und dann als Krone diese wahnwitzige Utopie; mit ihrer Weiber- und Kindergemeinschaft und der nackten Staatsvergötzung: »während eines Krieges wird es niemandem erlaubt sein, sich den Küssen eines ausgezeichnet Braven zu entziehen« und noch hundert dergleichen empörende Abgeschmacktheiten. Es ist das Brevier für einen fanatischen unsterblichkeitssüchtigen Eunuchen, der eiskalt amüsiert über Millionen in geistigen Schlaf versenkter Heloten hingrinst). Aber, wie gesagt: Rom! – Allem geht der Staat vor; möglichst viel Kinder ›zeugen‹ (ein edel Wort, wie?); ja doch, Moloch braucht viel (und gegen den wird sittlich entrüstet Krieg geführt; außerdem gehört ja Sizilien strategisch dazu – »kein freier Staat könnte es länger dulden, daß ein asiatisches Fremdvolk in seinen natürlichen Lebensraum einbrach ...« Und in Sagunt findet man gar Silber!). Deswegen vom 5.–70. Jahr nur Männerbünde; hart müssen sie werden; auch die ›Jungfrauen‹ werden in heiligen Gestüten zusammengefaßt. Kunst und Wissenschaft erreichen natürlich sofort nie gekannte Hochblüten (denn außerhalb der Landesgrenzen leben ja nur Krämer und Lemuren, höchstens als Haustiere zu dulden), »... denn heute gehört uns Roma, und morgen die ganze Welt ...«, so singen ja die Zehnjährigen bei ihren Marschübungen. Während jedes Quartalskrieges müssen dann auch die 100-jährigen Pfeilspitzen schmieden; und die Heldenmütter jauchzen, wenn sie die Nachricht erhalten, daß wieder einmal ein Sohn gefallen ist. (Tatsache: das hat mir Ae. selbst stolz erzählt! Es ist niemandem erlaubt, – ganz wörtlich wie Platon! – zu weinen oder kummervoll dreinzuschauen. Sie müssen sich sogar bekränzen, und fröhliche kriegerische Lieder erschallen lassen.) Und dann treten jeden Tag eigens ausgebildete ›Staatsredner‹ vor die Leute hin und reden sie als ›freiestes Volk‹ an; aufreizend rote Tücher bauschen sich, geschulte Chöre jubeln Heilrufe dazu – man befahl uns aufzulodern in männlichem Zorn – Und das Tollste ist: 90 von 100 Römern sind fest überzeugt, daß es nichts Besseres und Menschenwürdigeres und Freieres und – ach was ihr wollt gebe, als Rom!! – Widerlich, widerlich! – 2 Kamele sind krank; Verdauungsschwierigkeiten. –

10. Tag

(1590,55 ± 4,06; es kann ja nicht stimmen; der Fehler muß schon viel größer sein! Ich hab' keine Lust mehr! –) Am Nachmittag zeigte Mabsut mir die letzte ihm bekannte Wegemarke; eine kleine Steinplatte auf einem flachen Felsenrücken zur Rechten. Ich fragte ihn nach dem Namen (um doch etwas zu sagen); und er murmelte ein paar seiner barbarischen Rauhlaute, drehte gleichmütig den Kopf.

11. Tag

(1786,86 ± 5,18) Grauenhaft einförmig und ermüdend;

wir mußten fast dreizehn Stunden gehen, um die 50 000 Schritte vollzumachen. Wir waren am Ende alle hundemüde; und ich setzte deswegen bei der kurzen Fehlerbesprechung durch, daß wir 1,12 Stadien als Schwankung in die Endzahl aufnahmen.

Deino hatte leichtes Fieber und war deshalb ganz wach und gesprächig – ich mußte ihm vom Nordrande des Pontos erzählen und wurde selbst wieder erregt und klirrend dabei, wenn ich der ewigen Skythenkriege gedachte und der zerstörten Städte. Ihm ist diese Welt noch fest und zuverlässig; Besitz gut und unvergänglich; Kelainai seine Zuflucht. Ich dachte daran, wie ich, 2 Säckchen auf der Schulter, aus dem brennenden Tor der Heimatstadt geschritten war. (Futter in dem einen, alpha Lyrae in dem andren). – Das werde ich nie vergessen, wie ich zum letzten Male vor meinen Büchern stand und mich abwesend in den Räumen umsah; glücklicherweise war noch etwas Schnaps im Spind gewesen, und der Körper quälte mich nicht, ich fühlte ihn nicht, die leichte Last nicht, und auch der inferiore Teil des Geistes, der diesen schäbig umgehängten Leib beordert, war von mir getrennt. So konnte ich breitbeinig dastehen, die Hände in den grünen Manteltaschen (denn es war schwarzweißer Winter draußen, und Naßluft schüttelte kurzstößig). Der Kopf schwebte im Raum. In dem es ganz still war. – Was will zischelndes Sandrascheln und der Mondtrümmer im Sterngesplitter? Schritte flüchten nach überall.

12. Tag

Nordwind mit Sandgewölk (klingt wie ein Menü); in den Schwaden huschen Schatten. – Ich habe fast 4 Stadien Fehler befohlen, weil ich während des größten Ta-

gesteiles die Sonne nicht sah, und so die Südrichtung nur erahnte. Na; wir latschen halt drauflos; in Eratosthenes Namen. –
Wenn es der Menschheit nur bald gelänge, sich zu vernichten; ich fürchte zwar: es wird noch lange dauern, aber sie schaffen es bestimmt. Fliegen müßten sie auch können, damit man leichter Feuerbrände in die Städte werfen kann (ein schönes Bild: vielleicht ein bauchiger erzener Nachen, aus dem ein paar Gepanzerte höhnisch brennende Scheite schleudern, während man von unten mit heulenden Pfeilen nach den schuppigen Unholden zielt. Auch flammendes Öl könnte man gut aus stählernen Kannen gießen. Auch Gift. In Brunnen. Zur Nacht). Nun, sie werden's schon schaffen (wenn *mir* schon so viel einfällt!). Denn alles verkehrt sich ihnen ins Böse. Die Schrift: sie ist bestimmt, ewige Dichtungen oder Weisheit oder Erinnerungen aufzuzeichnen – sie aber schmieren Myriaden von Schundromanen und Hetzschriften. Was gerät ihnen flink aus Metallen? Schwerter und Pfeilspitzen. – Das Feuer? Schon qualmen Städte. Und auf der Agora drängen sich die Taschenspieler und Klopffechter, die Beutelschneider, Kuppler, Quacksalber und Huren. Und bestenfalls sind's noch Schwachköpfe, Gecken und hirnlose Brüller. Und jeder von all diesen ist selbstzufrieden, tut würdig, neigt sich höflich, bläht plump die Backen, schwingt die Hände, glotzt, schnattert, kräht. (Sie haben viele Worte: Lebenserfahren: ist einer, der genug kleine Schurkereien kennt. – Abgeschlossener Charakter: hat endlich alle Ideale verlernt. – Gewandtes Auftreten: frech und längst schon hängensreif.) Das sind die Kleinen; und die ›Großen‹: jeden Staatsmann, Politiker, Redner; Fürsten, Feldherrn,

Offizier erwürgt auf der Stelle, ehe er Zeit und Gelegenheit findet, auf Unkosten der Menschheit den Namen des ›Großen‹ zu erwerben. – Wer nur kann groß sein? Künstler und Wissenschaftler! Und sonst niemand! Und von ihnen ist der kleinste Ehrliche tausendmal größer als der große Xerxes. – Hätte ich von den Göttern 3 Wünsche frei, so wäre einer davon, sofort die Erde von der Menschheit zu befreien. Auch von den Tieren (sind auch schon zu böse). Die Pflanzen noch besser (außer den Insektenfressern) – Der Wind wird stärker.

13. Tag

(2152,04 ± 11,12) Die geringste Leistung heut; 160 Stadien. Die Böen drehten sich aus allen Richtungen, und es war ein höllisches Torkeln. Außerdem wird der Sand immer feiner und ist ziemlich tief; da wird man schnell müde. Gegen Mittag ein paar haushohe rote Felsklötze.

Als wir am Abend (zum erstenmal ohne Feuer; das Holz wird knapp) träge an Ballen gelehnt saßen, kam Mabsut in unseren Kreis und wies mit vorsichtigen Worten darauf hin, daß wir zwar noch für 8 Tage Wasser hätten, aber – Pause. Dann begann er betont, daß man also ohne Gefahr höchstens noch 1 bis 2 Tage weiter nach Süden könne (höflich fügte er hinzu: wenn wir natürlich noch Wasser fänden ...). Ich übersetzte und schickte ihn weg; für Aemilianus schien die Umkehr eine Selbstverständlichkeit; und er schlug vor, sogleich mit den langwierigen Endbeobachtungen zu beginnen; wir müßten immerhin – 2000 Stadien – wenn man die früheren Messungen zugrundelege – etwa 4 Grad Breitenunterschied –? Ich erwiderte kalt: »Wir gehen weiter.« Er schien es gar nicht anders erwartet zu haben (kennt er mich so gut?), runzelte nur leicht die (weiße!) Stirn, und begann von neuem (mit Nachsicht; wie man zu einem begabten, eigensinnigen Kinde spricht) die Umstände darzulegen. Stille. Wind strich rauschend über den kalten Abendsand. Ich versprach dem Wind: »Wir gehen weiter.« Im Nordosten wölbte sich, drängte sich neblig, wuchs hüglig, ein Lichtdunst über den klaren Horizont; bald würde der Mond aufgehen. Nach einer Weile erwiderte Aemilianus kalt: »Nun, du mußt ja schließlich vor Eratosthenes das Ergebnis verantworten.« – Er sah auf seine beherrschten Finger und fuhr ruhig fort: »ich jedenfalls werde nach diesen, von dem Nasamoner erwähnten 2 Tagen umkehren. Wahrscheinlich wohl mit den anderen, wie?«

Nachts

Ich habe mich nun entschlossen; mein Gepäck ist bereit. Die Bücher, ein Messer, ein Stück Brot (und eine Handvoll Süßdatteln) und den Schnapskrug (voll!) am Strick um die Schulter gehängt. Bogen und 3 Pfeile.

14. Tag

(Noch an derselben Stelle!) Gerade als wir aufbrechen wollten, staubte es leicht und goldig im Westen; schnell waren ihre Reitkamele! Es sind nur 4 Männer (und 2 davon alt), so hatte niemand Befürchtungen, aber 10 Kamele (6 für Proviant und Gerät, die Mabsut gleich nickend und neidisch musterte). Sie stiegen unverzüglich ab und schritten schön und würdevoll in unseren Halbkreis, blitzende Augen in den tiefbraun gefurchten Gesichtern; goldrote und schwarze Gewänder. Ich klatschte sogleich entzückt in die befehlenden Hände und rief Mabsut zu, wieder abzuladen, was er, zuerst mürrisch, dann pfiffig lächelnd, mit dem anderen Schwarm vollzog. – Wir sitzen im Kreise.

Mittags

So. Hastig etwas gegessen. – Der eine, Alte, hat den Beinamen ›Beschar‹ d. h. ›Der Reisende‹, und er weiß viel von der Wüste (als ich den hohlen Berg andeutend erwähnte, warf er scharf den Kopf nach mir herum. Schon verschweigen wir also ein Gemeinsames. Sehr gut). Sie kommen weit aus dem Westen, seit 9 Tagen unterwegs, und wollen nach dem Ammonium, aber zuerst über einen anderen Platz, den er Dscha-lu oder ähnlich nannte. In unserer Richtung weiß er nur noch, daß nach etwa 2 Tagereisen eine öde Bergwildnis beginnen mag, mit heißem düsteren Gestein, und dann? er zuckte die Achseln; die Wüste geht weit in die Unendlichkeit (ah, wie ich die Fäuste krampfe vor Eifer: unendlich! Und nur immer wieder das Sandmeer und schwarzes Geklipp, wie Treppen der Hölle; unendlich und Einsamkeit – ich hieb die Faust in den Sand; ich versprach der Unendlichkeit: »Ich gehe weiter!«) –

Nachmittag

Wir haben ein lustiges Bogenschießen abgehalten. – Halt: erst etwas anderes! Ich fragte Beschar immer weiter, und er sagte, einmal, vor vielen Monden, sei er selbst bis in die ersten Ausläufer jenes Berglandes verschlagen worden, und es wohnten ›Dschinnen‹ dort. Wenige. Dschinnen. – Er (auch sein Begleiter) haben Spuren gesehen; den linken Fuß eines Mannes und daneben den Abdruck einer riesigen Vogelkralle. Er lächelte erhaben und listig und sah mich an. Der Silberbart ruhte auf seiner breiten Brust und spann sich über den schimmernden Gürtel; weit floß das Gewand in feuerfarbenen Falten, unter deren goldumranktem Saum ein durchbrochener gebogener Spitzschuh hervorsah. – (Er verwandte kein Auge von mir; mag wohl mein Gesicht unverhohlen gewesen sein. Ich neigte mich oft, und er winkte lächelnd und langsam mit der reichberingten Hand. – Schmuck ist doch wohl schön.) – Bogenschießen: Mabsut trieb einen Pfahl in den Sand (er hielt natürlich nicht; so baute er Steintrümmer herum), stellte einen dunklen hölzernen Becher darauf, huschte weg. Selbst auf 60 Schritte trafen ihn nur 4 : 2 der Fremdlinge (Beschar und einer der anderen mit kohlschwarzem keilförmigem Bart und glühenden Augen), Deino (aber wohl aus Versehen) und ich. (Mein alter Bogen war geschmeidig und im besten Zustand und meine Hand sicher – ah!) Auf 100 Schritt schoß ich ihn mit dem ersten Pfeil, der zweite saß einen Fingerbreit tiefer im Pfahl (das Holz splitterte von der Wucht nach oben auseinander und hob den Becher schräg an), der dritte durchschlug den gewölbten Rand des Gefäßes und flog pfeifend weiter. – 150 Schritte: es war zu weit. (Bei Windstille wäre vielleicht noch eine Möglichkeit gewesen.) Die ersten beiden gingen vorbei, der dritte stieß den Becher so, daß er herabfiel. Beschar aber hob die Hand in den Wind, dann legte er einen dunklen Pfeil mit schlanker silberner Spitze auf, zog an und schoß, daß das edle Metall die rissige Höhlung wie ein Blitz spaltete. Dann ergriff er meine Hand und sprach gütige Worte; wie er sich freue, daß so seltene Schützen ins Sandmeer zögen (einen seiner Pfeile hat er mir geschenkt). Seine Gefährten hatten lautlos ein schwarzes Zelt entfaltet; drinnen fragte er mich, was wir hier täten; lächelte und runzelte die Stirn. Ich verschwieg ihm wenig. Am Abend bin ich ins Zelt geladen.

Kurz zuvor

Ich hatte mich in dem klaren und windigen Nachmittagsgold eine Stunde in den Schatten des Zeltes gelegt und war sogleich eingeschlafen. Ich schlug die Traumaugen auf und befand mich an Bord eines Schiffes; als ich über die metallene Reling sah, deckte ein schwerer Nebel das nächtige Wasser, so daß nur dicht an der Schiffswand die kleinen kalten Wellen sichtbar dahinstrichen. Ich stolperte im leichten Wiegen des Decks durch das Gewirr von Taurollen und eisernen Winden auf die Kajüte zu und sah durchs Fenster hinein, wo auf dem Tisch eine alte Karte lag; der Kapitän lehnte darüber und maß mit gezähnten messingnen Scheiben und Dreiecken, daß ich kein Auge von ihm wendete. Eine klare traurige Stimme begann neben mir zu murmeln, schwand, sprach, schwieg; ich merkte mir nur den Namen des Schiffes ›Uatzinta‹ und wandte mich wieder zur See. Der Nebel hatte sich etwas gehoben, und ich sah, daß wir durch enge Kanäle flossen, weit mochte sich umher ein flaches trübes Sumpfdelta hinziehen (nur einmal glitt rasch ein Streifchen reinlichen Kieselufers vorbei). Ab und zu kamen schon halbverfallene Hütten; schwere Steinränder, aber grün schlüpfrig und naß, begannen die schlaff gluckenden tiefen Wasseradern zu säumen; vereinsamte Häuser erschienen, düster und feucht gefleckt; Aschtonnen, Abfallhalden und öde Baugruben der rußigen Vorstädte, eine häßliche gerade Brücke hallte hastig und tonlos dicht oben und war ein trübes rattiges Tor. Bei Speichern und feuchten Kohlenlagern stierten Mietskasernen aus schwarzen Fenstern, Kinder spielten langsam im Müll der Höfe, Weiber keiften. Wir standen mürrisch unruhig an Deck und wurden unaufhaltsam vorbei geführt; höher wurden die Häuserblocks, Kähne schlappten am algigen Bollwerk; dann glitten wir in ein mäßiges Becken, und das Schiff legte sich selbst längsseits der niedrigen Mauer an dem weiten Platz; ein einzelner Beamter warf uns mit fiebrig zuckenden Händen ein rotes Tau zu, schlang es um die platten Pollerköpfe; zickzackte fort, geduckt; nichts weiter. Wir waren nun alle an Deck und sahen verstört das Treiben der Riesenstadt. An dem kahlen Platz uns gegenüber ragte ein gigantisches Bauwerk; über die ganze Front wallte leicht schwebend ein Vorhang aus feuerfarbener Seide, die mit mannshohen rostbraunen Blockbuchstaben bedruckt war und grelle Vergnügungen pries. Volk strömte geschäftig, grau näßte die Regenluft; manchmal sah einer flüchtig zu uns herüber. Mädchen mit Schultertüchern riefen uns locker an (gelbe Ratten fuhren da durchs Wasser mit glasigen Schwimmhäuten), auch Gegenstände warf man herüber, Döschen mit Nichtigkeiten, Zettel, ein dickes blutrot gebundenes Buch (das ich an mich nahm! Ein Buch!). Es polterte in der Kajüte, der Kapitän sprang die wenigen Stufen herauf, legte die Hand vor die Brust und rief halblaut: »Wehe uns! Wir sind verloren; denn dies ist Weilaghiri, die Höllenstadt! Keiner verlasse das Schiff, denn am Land seid ihr in entsetzlicher Gefahr; werft auch alle diese Geschenke fort.« (Und fortan sollten stets zwei Mann, einer am Bug, der andre am Heck, wachen und rufen: »Gedenket der Götter! Haltet böse Gedanken fern!«) Und während er wieder hinab eilte, weiter in den alten Büchern Bericht und Rat für ein Entkommen zu finden, sahen wir mit dumpfem Wundern, wie — es mochte wohl Mittag sein — auf der höchsten Spitze eines fernen Turmhauses ein wüster Riese erschien, in rotem Gewand, kupferne Hämmer in den Fäusten, die er an eine dröhnende Scheibe hieb. Da hielten alle wirbelnden Bürger still, sahen aufmerksam hinauf und brachen dann in ein schmerzliches und grelles Wildlachen aus, daß wir schauernd die Brauen und Schultern zogen. War das ihr Gottesdienst? – So lagen wir tagelang und warteten und sahen das Treiben, da ging unser Trinkwasser aus. Und nun *mußte* einer hinein in die Stadt, ich meldete mich. Der Kapitän zog mich in sein Zimmer und gab mir einen weiten Umhang, rot von außen, rauchblau die Innenseite. Wenn ich ihn rot trug, glich ich einem Bewohner der schlimmen Orte; gewendet machte er den Träger unsichtbar, nicht ungehört. Ich bereitete zwei schlanke Amphoren, mir an Stricken um die Schultern zu hängen, und in der nächsten Nacht, als der Mond grünlich in einen bleichen Nebel stierte, sprang ich hinüber. Und ging nun jeden Abend durch die Straßen und Gassen; sah die grellen Lichter der Schaufenster und die lärmenden Spelunken, sah Verbrechen und Laster, tausend Gesichter, zehntausend Gesichter, hunderttausend. Hier war immer Herbst. Öde die Vorstädte; schiefe Zäune faulten um graue Felder. Ich schlürfte in die Torwege und plauderte schlaff mit bummelnden Burschen und mageren Frauen mit schäbigen Einkaufstaschen. Vor einer Kneipe hockte eine billige Statue: der Fiebergott, mit dem Fuchsgesicht, dem Bündel roter Pfeile vor der Brust. Höker gafften fett aus schmierigen Regalen; Feuer kam, Krankheit und Krieg, oh Weilaghiri. – Ich erwachte, versank wieder halb und erfuhr noch dämmernd, daß sich einer der Mannschaft opfern müsse; vor dem Rathause der Stadt stünden erzene Bilder von

Raubtieren, im Rachen des einen läge ein Pergament, das uns den Rückweg angäbe. Aber der metallene Schlund zerknirsche dem Mutigen die Hand, und während das Schiff ablege und vorm Winde davon triebe, würde jener in höhnendem Zuge zurückgeführt und unter scheußlichen Qualen hingeschlachtet. Bereue er da seine Opfertat, so werde auch das Schiff noch von herabstürzendem Feuer verzehrt. Ein junger Matrose fand sich; wir fuhren hastig zurück; einmal fiel fern Geflamme herab: aber wir waren wohl schon zu weit – siehe, da stand die Wüstensonne fern vor mir Aufspringendem, schon dicht über dem Horizont. Ich traf Beschar und erzählte ihm. Er hörte zu. Aemilianus kam heran und fragte: »Soll ich die Endbeobachtungen machen? Es wird wohl Zeit –« Ich rief hastig über die Schulter: »Wir gehen weiter.« – Nun richte ich mich für den Abend her (›schön‹ machen).

Jetzt

Lockige Feuer in der klaren Nacht; die Flammen sprudeln still. Und emsig wirbelt mein Herz; was wird mir noch begegnen? (Ich habe einen winzigen Schluck getrunken und in die Sterne gesehen, Kopf im Nacken, oh – als ich jung war: In weißer Nacht schwimmen Wolken am Himmel, »Heil Luna« rufen lustige Zecher. Die dunklen Gassen, sie schwanken vor ihnen, zu Schlangenwegen gemacht vom Becher. In träumenden Gärten quillt kühler Flieder, sie streicheln die Bärte, sie schmunzeln und irren. Aus Ebenholzwolken mit silbernen Rändern sehen sie lautlos Sternschnuppen schwirren. – Selige Silberbläue, ewig bin ich dein!) Stirnrunzeln. Wegschütteln, sie warten sicher schon im Zelt.

Zelt
(Innen ist es ganz hellrot gefüttert, mit reichen goldenen Ranken drauf. Die schöne Luft; man taucht lächelnd in die goldige Überhelle.) Verneigungen, ein heißes Getränk in biegsamem Silberbecher. Wir ruhen auf runden Polstern. Beschar scheint gesprächig, denn er bildet gar viel einleitende Worte. Pause. – Er beginnt; endlich, langsam (es ist ja auch lange her? – oh: 100 Jahre!) : Ein Prinz (gut; da ist man schön und biegsam jung und märchenschlank); und ein mißtrauisch harter Vater, der einen (natürlich ungerechten!) Krieg verliert. Da bricht der Feind ins Land, zehntausend bärtige Reiter sprengen im Mäntelgeflatter heran; böse Augen drohen in alle Zimmer. Stolpernde Kinder ducken sich schreiend ins Faltengebläh der Portieren. Und Flammengerten schlagen das zerknallende Wandgetäfel (ich schlucke Bitterkeit: brannten da nicht auch Bücher? Und er nickt unerbittlich: auch Bücher!!). In den vertrockneten Brunnenschalen schwebt Qualm, Glutflächen glotzen aus jedem Raum, rotkörniger Nebel schleicht ein – all dies war weit von hier im Westen. *(Und* im Osten, *und* im Norden, *und* im Süden – oh, ich weiß, ich weiß!) Von einem Hügel sieht der Prinz die flache flaumige Rauchblase über der Stadt, federgrau mit roten und schwarzen Adern. Auch sein Pferd blutet am Hals; da füllt er noch einmal verstörten Mundes den Wasserschlauch in der Felsenkluft, schnallt ihn hinter den Sattel und reitet im Schritt in die Nacht. Nach Südosten (nickt Beschar mir zu und reicht mir den Silberbecher: klar und feurig rollt das Getränk in mich). – Da war nichts als Sand und Geröll; glasige Goldhitze sank aus dem Sonnenloch, feuerflockige Luft keuchte am dörrenden Mundsaum.

Am zweiten Tage trieb er den Rappen zurück, warf sich den schon halb eingefallenen Schlauch über die Schulter und schlürfte weiter in den grün verdämmernden Abend. Mond flog auf, die schmale Silberschwalbe, in den Samt der Nacht; schweigend tanzten die strengen Sterngeister um den Fröstelnden. Da das Wasser an einem Vormittag ausging, sah er dicht vor sich die rötlich und dunkle Steilkante eines Hochlandes. Als er durch Felsengewirr sich bis an ihren Fuß gearbeitet hatte, sah er bestürzt die wilden Mauern unabsehbar nach beiden Seiten laufen; Geröllhalden körnten blockig vor; lange Schatten hingen verrenkt im schweigenden Geklüft; himmelhoch neigte sich die Wand über den Zurücktaumelnden. Als er nach Stunden ihren Anblick ertrug, begann er den Anstieg; in Spalten, ohne Schuhe, daß sein Fuß Steine umklammere. Zerbrachen die Nägel; die Haut der Hände zerriß; nach Stunden hing er noch in der Mitte der Wand. Die feuchte Stirn sank ihm ans Gestein. Sein Herz glockte hohl und lose unter ihm; dann stieß er den Dolch in den nächsten Felsenriß, der fein wie ein Frauenhaar über ihm lief, und zog sich weiter. Gegen Abend verfärbte sich das Schattenvolk und dehnte kaltblaue Gleitglieder; die Wand errötete in grauser Zärtlichkeit; Kälte hauchte seufzend und fremd aus der unnahbaren Höhe. Als die Dunkelheit sank, zerrte er sich über den Rand und blieb auf Händen und Knien liegen. Eisblauer Nachttau deckte kristallmaskig sein Gesicht; stundenlang. Als er wieder den Kopf hob, sah er im Lichte des wachsenden Mondes, der seinen Schatten winzig vor ihn warf, ein weites schier ebenes leeres Hochland. Nur fern, ihm gegenüber, schien ein schimmernder Streif den Horizont zu begrenzen. Erfrischt von Kälte und Feuchte erhob er sich und schritt dem Scheine zu. Gegen Mitternacht war er schon nahe der Stadt, die hell und leer vor ihm lag. Offen das Silbergitter des Tores, er ging wie auf Fußspitzen in den breiten schönen Straßen. Stille wehte aus den hufeisenbogigen Pforten schimmernder Paläste; in leeren Höfen, windigen Höfen, fiel flatterndes Wasser klatschend in Brunnenschalen; über die Plätze rief einförmig der Wind in der Mondstarre. – Ich sprang auf; ich fragte heiser und beherrscht: »Er war immer nach Südosten gegangen?« Beschar hob verwundert aber verstehend die Brauen und strich langsam sein Kleid – »nach Südosten –« sprach er langsam und zerstreut »– ja –« und lächelte spöttisch und abwesend; da neigte ich mich rasch, für einen Augenblick Zeit erbittend, und sprang hinaus.

Draußen glänzte alles, selbst ein Stück Mensch, ich stand wie in einem blauen Stein: so fremd war die Nacht. Ich lief leichtfüßig zu meinem Bündel, zog die Amphora heraus und hob sie mit beiden Händen in die Sternensaat; dunkel und klangvoll schnalzte der Gaukeltrank, wogte mir kalt in den Mund, silberschwarz und glatt im Mondlicht. Ich wollte zu lächeln anheben, grundlos und weise – da sprach es unweit, und mein Gesicht erstarrte vor Ekel ob der Stimme. Aber als ich grollend hinübersah, siegte gar der Zorn; denn – richtig: Aemilianus hatte die Dreifüße und Röhren aufgebaut, machte die Endbeobachtungen, und Deinokrates half ihm dabei. Oh, ihr Hunde! Sie sahen mich und zauderten kaum merklich; dann sprach der (auf dem Rücken liegende) lateinische Patriot affektiert kalt weiter: »4 Grad, 2 Minuten –« – da war ich mit ein paar Sätzen bei ihnen. Ich trat dem Reptil die Röhre ins Gesicht, daß sie sich bog, und zerbrach das schwere Gerüst mit einem Armschlage. Er rollte sich zurück und sprang auf mit weißem Gesicht, zur Maske gebogen vor Wut. Hätte er mich doch angesprungen; er hätte keine Minute überlebt, obwohl der Stilus in seiner Faust lag, aber Deinokrates hing ihm schon an Arm und Nacken und rief auf ihn ein. Er wurde auch sofort wieder ruhig, barg die Wachstafel im Busen; und sagte eisig zu D.: »– natürlich hast Du recht!« und wandte sich zu Mabsut und den anderen, die durch den Lärm erwacht, herbeigekommen waren. »Garan ateidji sumruk – wir wollen uns fertig machen –« siehe da! Auch nasamonisch spricht der Bube!

3 Stunden später (Allein)

Nur ganz kurz: ich strich mir die Stirn und wollte zurück (ins Zelt), da sah ich, daß einige der ›Unsrigen‹ sich an Beschars Eigentum vergreifen wollten und schon an den Packsätteln tasteten. (Es waren ja nur 4 Mann, nicht wahr?!) Ich rief die Fremden heraus, schlug Mabsut, dem Schamlosen, die Faust in die Fratze, daß die dürre Katze torkelte, und half ihnen beim Beladen. Doch ließen wir die Bogen nicht aus der Hand; und das half. Kurz bevor die Sonne aufging, sprangen sie auf die schlanken Reittiere; weit begann Beschars Mantel zu rauschen wie dunkle Fittiche, die Augen glühten mich an. Dann warf er den Arm in die Luft, stieß einen tiefen hallenden Schrei aus und sprang an die Spitze der Davonstiebenden. – Noch sah ich ihre Gewänder morgenrotgesäumt, da saßen auch drüben die im Sattel. Im Viertelkreis um mich her. 30 Schritte Abstand. In ihrer Mitte hielt Aemilianus, der neue Herr, mit Lump Mabsut und dem Kind Deino halb hinter sich (symbolisch!). Er führte ein leeres

Kamel am Halfter und sprach mich an (geschäftsmäßig, ruhig): »Wir kehren zurück; die Gründe weißt Du. Da Du nicht mehr fähig bist, den Meßtrupp zu führen, habe ich nunmehr die Leitung verantwortlich übernommen. Ich ordne deshalb an, daß Du dieses Kamel besteigest und mir (›MIR!!‹ nicht etwa ›uns!‹) folgst.« Also sprach Aemilianus. 30 Schritte. Da schob ich den Bogen zwischen die Schenkel, krümmte ihn langsam, hängte die Sehne ein und prüfte sie mit dem Finger: das klang wie helles Vogelzwitschern. Und als ich den Kopf hob, siehe: da waren es 50 Schritte geworden. Und ich sog die Brust voll Luft und befahl: »Absteigen! Wir gehen weiter nach Süden!« – Da zuckte Aemilianus lachend den Kopf über die Schulter zurück nach Mabsut, und auch jener grinste amüsiert. Der neue Leiter warf verächtlich die markige Römerhand in die Luft und rief, indem er den Kopf seines Tieres nach Norden drückte: »Krepier, versoffnes Griechenschwein!« Langsam schritt die Karawane davon. Ich wählte Beschars Pfeil; da verstummte der Wind. Noch einmal hielten die Brüderlichen, genießerisch lässig gelehnt; und es waren nun 150 Schritt. Da zog ich die Sehne an, an, durch, bis zur Brust, an – und ließ los! Er wandte just wieder das Haupt, gewiß formte sein Mund einen neuen gelungeneren Satz, lächelte er nicht höhnisch? – Da fuhr seine Hand zur Gurgel; er taumelte, wankte im Sattel und ich sah, wie aus dem Genick blinkend die Silberspitze hervordrang. – Mabsut fing ihn im Niedergleiten, drosch mit der freien Hand auf die Tiere; sie verschwanden im Sandmeer. –

Allein (und Vormittag, ach!)

Allein! Allein!! – Ich möchte eine Hymne singen. Ich bin so glücklich. (Auch Helios ist allein, oben im Seidenblau. Wie wird er lachend am gebogenen Bugschnabel seines Nachens stehen, übermütig; und selig langsam dahingewiegt. Und hinter ihm, auf den ebenen Goldplanken, werden auch Schriftrollen liegen, denn es gibt keine Seligkeit ohne Bücher!) Und da sind sie alle 5 in ihren wasserdichten Überzügen: Die Zahlentafel, die unterirdische Reise, der traurige Ritter, die Felseninsel, und der Auswahlband mit dem Wassergeist, der Vogelscheuche, der goldenen Amphora, dem Agathodämon und der 4-fachen Mandragora. Brot; Datteln; das macht alles ein leichtes Säckchen. Der Krug am Strick; ah, er flutet noch fast voll. Der Dolch kommt in den Gürtel. –

1 Stunde später

Als ich aufbrechen wollte, blieb nur der Bogen. Ich hatte noch einen letzten Pfeil; über den sprach ich einen Fluch und sandte den Pfeifenden nordwärts, den Hunden nach. Den Bogen zerbrach ich, die Stücke stieß ich in den Boden. Dann ging ich eilig eine Stunde südwärts, daß mich niemand mehr fände; und schon nach 100 Schritten begann sich der Sand vor mir leicht zu kräuseln, Wirbel stiegen lockig auf, Schleier wallten mattgelb und staubstumpf. Ich hob den Mantelzipfel vor den Mund, und entschwand den Menschen. Nun liege ich an einem Felsblock; immer dichter mischen sich Luft und Sand: – ein tiefer Schlaf –

Abend

Ich schlug die schöne schwere Sanddecke zur Seite und sprang in die seidengelbe Abendklarheit. Kühler Wind ging nah vorbei wie ein schlanker Knabe mit Sternen in den Händen; muß nicht auch bald der Mond voll sein? Nun, es ist Zeit zu wandern. Nach Süden.

Morgen

Ich lief die ganze Nacht, und muß eine gute Strecke zurückgelegt haben. Heller Mondschein. Zuweilen fiel ein Sternfunken; bläulich flimmerten sie alle. – Ich fühle zum erstenmal Durst (ist aber noch erträglich, dadurch daß ich nachts gehe, komme ich noch ein Stück weiter). – Es ist sehr schwer zu schätzen, wie weit das Hochland noch weg ist. Beschar sagte nur, der Prinz kam von »weit aus dem Westen« und ging nach »Südosten«. Demnach muß ich die Felswand erreichen, wenn ich nach Süden vorstoße. Ganz klar. – Aber wann. Und an welcher Stelle? – Schlafen. – Gegen Mittag erwachte ich; vor Durst. (Ich hatte sogar schon geträumt, daß ich vergeblich versuchte, aus einem Aquaedukt zu trinken –) ich runzelte die Stirn und schlief wieder ein.

Abend

Kalt; ich habe einen Schluck getrunken. Schön. – Läuft sich gut in der Kälte. Lange hinter Mitternacht wurde der Boden härter; Fels. Hallschritt. Hochmond. Schlangenwege zwischen einzelnen Blöcken.

Sonnenaufgang

Ich sehe es! Ich sehe es! – Etwa 40 Stadien von mir beginnt ein Gewirr von dunklen Hügeln, Riffe und Steinkämme, Kuppen, lange Rücken. Das muß das Vorland sein (vielleicht sollte ich doch mehr nach Südwesten halten?). – Ich wollte eigentlich erst bis in diese nächsten Ausläufer hin, aber mich überkam plötzlich eine tiefe rote Schwäche. Und mein Felssitz wogte mich weit und langsam wie eine Schaukel. Mir ist auch wohl heiß und töricht; verdammt. – Muß erst schlafen.

Mittag

Das hat keinen Sinn; ich will mir nichts vormachen: ich

habe Fieber! Wie das ungelegen kommt! Ich bin andauernd wach geworden; heiß und eiskalt, immer abwechselnd. Und der verfluchte Durst. Ich werde mich in der nächsten Fieberpause anständig vollaufen lassen, und das Quantum wird hoffentlich die paar Stadien bis hin vorhalten. – Erst noch ein bißchen schaukeln. – so – verdammt! Jetzt ist's genug! Auf geht's! (Zur Silberstadt. Wo die kalten Brunnen rauschen – ach.)

Die Dunkelheit kommt

Der Weg war doch wohl länger, als ich geschätzt hatte (oder war ich schon so hin?). – Jedenfalls bin ich fast 6 Stunden mühselig gegangen. Allerdings schon ein Stück in das wilde Geklipp eingedrungen. Seltsames Land; fast senkrecht heben sich die schwarzen Wände (aber nicht sehr hoch; 3 bis 4 Mannslängen meist); bilden tiefe Pässe und Gänge, manchmal schier runde Plätze, und überall ist hellster Sand eingeweht. – Es scheint heute zur Nacht nicht kühler zu werden; die Luft ist heiß und klar wie zuvor. Will warten, bis der Mond kommt.

Mondzeit

Ganz bräunlich und golden ist alles. Und die schwarzen Zaubergassen. – Wenn ich nur gesund wäre (das heißt, ich bin ganz klar, nur der Kopf ist wie isoliert vom Körper. Er gehorcht kaum. Schmerzen gar keine). Jedenfalls muß ich weiter. – Ich habe noch ein wenig ins schöne hitzig schwelende Licht gesehen, und drei tiefe Züge getan. Ach war das kalt und heiß zugleich (es ist auch nicht mehr allzuviel drin; die Silberstadt möchte bald kommen). –

Im Sand

Plötzlich wurde das Licht noch heller und schöner, und

das Blut klingelte heiter durch alle Adern. Ich sprang leicht auf und ging eilig tief in die wunderlich verworrenen Gänge hinein. – Natürlich immer nach Süden, mit einer kleinen Schwenkung schon nach Westen. Es war fast taghell, nur daß man sicher nicht so weit schauen konnte; und der Sand knisterte in der warmen Nacht. Ich hätte es beinahe nicht gesehen, aber die Schattenspur lief ganz gerade quer über den hellen leeren Platz. Mein Herz schlug hart und dann nicht mehr; ich lief schnell hin: da war es der Fuß eines Mannes, deutlich erkennbar, in einem schmalen Schuh mit schönschuppiger Sohle; aber der nächste Abdruck (und ich atmete tief und tiefer) war der einer mächtigen starkzehigen Vogelkralle, und so lief die Spur hin: Fuß – Kralle, Fuß – Kralle. 10 Schritte vor der Felswand verschwand die Spur ebenso unvermittelt, wie sie angefangen hatte. Ich ging an ihr ein paarmal auf und ab. – Wenn der Dämon nur bald käme; noch bin ich scharfsinnig und voll Feuer; ich breitete die Arme, ich rief: »Ho!«. Ich wartete; ich hätte tanzen mögen im Goldlicht: »Ho!« – (Ich habe mich an die Felswand gesetzt; noch trage ich den Kopf im Nacken) – »Ho!« –

Gegen Morgen

Da vergingen mir die Sinne. Mir ist nicht gut. Und der Mond steht wie eine Kupferlampe hinter mir auf den Felsen. Jetzt ist's kalt. Kalt. –

Da!!

Da ist er an der Felskante! Ein blasses starres Gesicht! – Die Amphora her! –

Er ist fort

Will. schnell. schreiben. Die Schnabelnase blieb stumm; ich grüßte ihn mit Haupt und Hand (konnt nimmer aufstehn) und rief: »Wie weit noch zur Silberstadt?« Er gluckte kurz und musterte mich kalt. »Und weiter dann«, sprach ich mühselig, »zu den Welträndern ins Menschenlose?!« Und das Fieber schlug mich hin und her. Er lachte gurrend und interessiert und schob sich höher über die Schwarzbrüstung; da trug er ein glutbraunes Kleid, ein rauschender Flügel schlug hoch und klemmte sich fest über den Stein. »Woher?« schnarrte er rabig, und mir fiel es ein: »Weilaghiri!«; er nickte überlegen, und ließ die euligen Augen wachsam schnell durch den Sternenkreis fahren. Knackte Nüsse. (Schnell. Mein Kopf sank schon einmal. Hoch damit!) Er sah die Bücher; kam fittigbrausend herab. Er trägt einen gebogenen durchbrochenen Silberschuh, den sah ich schon einmal. Er fragte: »Wo ist mein Pfeil?« Ich lachte böse und lautlos (meine Hände lagen im Sand, gingen mich nichts mehr an). »Aemilianus?« fragte er beunruhigt, und nickte dann zufrieden. Er hob lauernd den Kopf: »Du hassest die Römer?« Ich blähte den Mund, ich schrie wisprig: »Ich fluche allem Gemensch!« Da lachte er kekkernd und tanzend, schlug brausend in die Flügel. Ein Sandturm stieg auf; er verschwand im Sandturm. –

Muß wohl Mittag sein

Ein goldener Bohrer fährt aus der Sonne. Kreisig und leer. Alles rundum; leer. Es sind auch gar keine Spuren im Höllensand. Ich schwinde.

Der Mittag geht. –

Die Dämmrung geht.

Der Abend. Voller Feuer –

Es rauschte über mir

Er fragte eilig: »Du lebst doch noch?!« Ich sah ihn an, fest, müde. »Fliegen«, wollte ich. Er winkte feierlich im

Silberbart, er beugte sich zu mir: »Du mußt aber selbst kommen —!« meinte er mitleidig und zögernd; schritt über den Platz, blieb an der Felsecke stehen und wartete. Undurchdringlich. —
Ich wollte die Finger heben; sie waren reglos. Die Füße: fühlte ich nicht. Ich sammelte keuchend allen Willen; Sterne hoben sich, silberne Schwimmer im Abendmeer, tauchten, wogten, selig. Und kühl. Ich riß die Rechte vor die röchelnde Brust; die Linke schlug wie ein hohler Stein meinen Schoß. Zum Krug: der murmelnde Urnenmund neigte sich über mich, und ich trank. Trank. (Menschen aus Dreck und Lehm; zu mir mischten sich Eis und Feuer) — Er winkte huldvoll und ruckend. Und ich steige leicht *empor* . . .

Dies schreibt Eratosthenes von Kyrene:
Mabsut führte die Karawane zurück. Aemilianus starb am nächsten Tage (im Interesse der allgemeingriechischen Sache wohl nicht ganz unerwünscht). — Wie recht ich mit meiner Beurteilung des Philostratos hatte, zeigt zur Genüge dies sein Tagebuch, das ich einen Monat später anläßlich meiner erneuten großen Gradmessung in jenem Hügelgewirr fand. — Er war ein langer kräftiger Mann von mittlerem Alter, mit blauen Augen und welligem blondem Haar. Bezeichnend für seine ganze Art war, daß er bei unleugbar großem Scharfsinn und sehr vielseitiger Begabung dennoch phantastisch und schwärmerisch blieb, wie man es zuweilen bei seltenen Jünglingen findet. Den besten Beweis hierfür gibt die Aufzählung seiner Lieblingsbücher. Sein Urteil über mich ist unerheblich; die Nachwelt mag entscheiden. — Die letzten Fieberträume des Sterbenden scheinen einer

realen Unterlage nicht völlig zu entbehren; als wir die Scherben der Amphora untersuchten – von ihm selbst und seinen Büchern fehlte seltsamerweise jede Spur – flogen in großer Höhe zwei riesige Vögel über uns hinweg.

ARNO SCHMIDT
LEVIATHAN
S.FISCHER
ARNO SCHMIDT
Brand's Haide
S.FISCHER
arno schmidt
aus dem leben eines fauns
S.Fischer
ARNO SCHMIDT
das steinerne herz
arno schmidt
die Gelehrtenrepublik
S.Fischer
ARNO SCHMIDT
dya na sore
Gespräche in einer Bibliothek
S.Fischer
arno schmidt
rosen & porree
s.fischer
Arno Schmidt
Kaff
auch Mare Crisium
S.Fischer
ARNO SCHMIDT
bel phe gor
Nachrichten von Büchern und Menschen
S.Fischer
ARNO SCHMIDT
SITARA
und der Weg dorthin
Eine Studie über Wesen, Werk & Wirkung
KARL MAYS
S.Fischer
Arno Schmidt
Kühe in Halbtrauer
S.Fischer
ARNO SCHMIDT
die ritter vom geist
Arno Schmidt
Trommler beim Zaren
S.Fischer
Arno Schmidt
Der Triton mit dem Sonnenschirm
Großbritannische Gemütsergetzungen

fi 638/1

Arno Schmidt
Die Schule der Atheisten

Novellen-Comödie in 6 Aufzügen. Faksimilewiedergabe des DIN A 3-Typoskripts im Format 24,5 x 34,0 cm.
271 Seiten.
Erstausgabe 1972 –
4. Auflage 1985

Ausgabe A: Leinenband, fadengeheftet, mit Schutzumschlag, im Schuber
Ausgabe B: Fadengeheftete engl. Broschur, kartoniert, im Schuber

Die Atheistenschule, nichts weniger als eine agnostizistische Lehranstalt, führt in eine übermutsprühende Welt ironischer Imaginationen. Das Abenteuer einer exotischen Atheistenerprobung auf einer unbewohnten Insel im Pazifik erscheint mit Komparsen des Jahres 1969 als Rückblende aus den Tagen der um 2014 allmächtigen US-Präsidentin Joan Cunnedy und ihrer Außenministerin Nicole Kennan, genannt Isis.

In der ›Schule‹ entwickelt Arno Schmidt seine fortgeschrittenste Bauform: die durchsichtige, bühnenhaft anschauliche Gliederung der Handlung in Akte (Aufzüge, Tage) und Szenen (Bilder) mit einleitenden Regiebemerkungen als Prosaeinstimmungen des folgenden Dialogs und des wunderlichen, ausgelassenen, auch weisemelancholischen Szenenspiels.

S. Fischer

ARNO SCHMIDT
Abend mit Goldrand

Abbildung zur Wahrsageszene auf Seite 146

Eine MärchenPosse.
55 Bilder
aus der L$^{ä}_{E}$ndlichkeit für Gönner der Verschreib-Kunst.
Faksimilewiedergabe des DIN A3-Typoskripts im Originalformat (32,5 x 43,0 cm).
215 Seiten. Erstausgabe 1975 – 3. Auflage 1981

Ausgabe A: Leinenband, fadengeheftet, mit Schutzfolie, im Schuber
Ausgabe B: Kartoniert, mit Leinenfälzel, im Schuber
Engl. Ausgabe: Leinenband. Übersetzt von John E. Woods

Nach der Novellen-Comödie die Märchen-Posse, doch anstelle einer phantastischen Zukunft die auf wildere Weise phantastische Gegenwart im Heidenest Klappendorf.

Aufgefahren wird die skurrile Menage der fünf Alten des Fohrbach'schen Haushalts mit brüchigem Goldrand, zwischen ihnen die jungmuntere Ziehtochter Martina, auf dem Heuhaufen nebenan die wüste Jugendrotte auf dem Wege nach Tasmanien, mit der im Faß auf der Terrasse logierenden, okkult begabten Anführerin Ann'Ev.
Dazwischen Erinnertes aus Arno Schmidts Kindheit und Jugend und Einbringung seines Fragments aus den Tagen von Lauban und Hagenau, PHAROS oder von der Macht der Dichter.

Arno Schmidt
im Fischer Taschenbuch Verlag

Leviathan und Schwarze Spiegel
Zwei Erzählungen. Band 9110

Alexander oder Was ist Wahrheit
Drei Erzählungen
Gadir / Alexander / Enthymesis
Band 9111

Aus dem Leben eines Fauns
Kurzroman. Band 9112

Brand's Haide
Erzählung. Band 9113

Aus julianischen Tagen
24 Essays
I. Berichte aus der Nicht-Unendlichkeit /
II. Und es blitzten die Sterne / III. Berechnungen
Band 9114
(Erscheint voraussichtlich im Frühjahr 1988)

Schwänze
Fünf Erzählungen
Kühe in Halbtrauer / Windmühlen / Großer Kain /
Schwänze / 'Piporakemes!'
Band 9115
(Erscheint voraussichtlich im Frühjahr 1988)

Nachrichten aus dem Leben eines Lords
Sechs Nachtprogramme
Angria & Gondal / Was wird er damit machen /
Tom all alone's / »Der Titel aller Titel!« /
Der Triton mit dem Sonnenschirm / Das Buch Jedermann
Band 9116
(Erscheint voraussichtlich im Frühjahr 1988)

fi 636 / 1